中华
魂
ZHONGHUA HUN

百部爱国故事丛书

心向革命 追求光明

——平民将军冯玉祥

周晓虎 编著

吉林人民出版社

图书在版编目（CIP）数据

心向革命 追求光明：平民将军冯玉祥／周晓虎编
著．--长春：吉林人民出版社，2011.3（2025.4重印）
（中华魂·百部爱国故事丛书）
ISBN 978-7-206-07498-1

Ⅰ．①心… Ⅱ．①周… Ⅲ．①故事—中国—当代
Ⅳ．① I247.8

中国版本图书馆 CIP 数据核字 (2011) 第 032625 号

心向革命 追求光明
——平民将军冯玉祥
XIN XIANG GEMING ZHUIQIU GUANGMING
——PINGMIN JIANGJUN FENG YUXIANG

编　著：周晓虎
责任编辑：王　磊　　　　封面设计：孙浩瀚
制　　作：吉林人民出版社图文设计印务中心
吉林人民出版社出版 发行（长春市人民大街7548号　邮政编码：130022）
印　刷：北京一鑫印务有限责任公司
开　本：787mm×1092mm　　1/16
印　张：8　　　　　字　数：64千字
标准书号：ISBN 978-7-206-07498-1
版　次：2011年3月第1版　　印　次：2025年4月第3次印刷
定　价：35.00 元

如发现印装质量问题，影响阅读，请与出版社联系调换。

总　序

　　《中华魂》是一套故事丛书。它汇集了我国自鸦片战争以来一百八十余年间的近百位民族英雄、仁人志士、革命领袖、先进模范人物的生动感人事迹，表现了他们作为中华儿女的伟大的爱国主义精神。

　　爱国主义是人们对于"生于斯、长于斯、衣食于斯"的祖国的一种神圣感情，是人们对于自己民族的一种强烈的责任感和使命感，是感召和激励整个中华民族的一面永不褪色的旗帜。在一百多年的中国近现代史上，爱国主义一直激励着中华儿女为祖国的独立、统一、进步和繁荣而英勇奋斗。从"苟利国家生死以，岂因祸福避趋之"的林则徐，到"我自横刀向天笑，去留肝胆两昆仑"的谭嗣同;从"铁肩担道义,妙手著文章"的李大钊,到"青春换得江山壮,碧血染将天地红"的赵一曼;从"县委书记的好榜样"的焦裕禄,到"问鼎长天,扬我国威"的邓稼先……都表现出了强烈的爱国主义精神。正是由于热爱祖国的人们前仆后继地奋斗,国家和民族才得以生存,才能够在一次次历史危急关头转危为安,走向兴盛和富强,从而屹立于世界民族之林。爱国主义是鼓舞中华儿女历经忧患、跨越沧桑、百折不挠、自强不息的伟大力量,它贯穿于中华民族的整个历史,并有力地凝聚着五洲四海的中国人。

　　爱国主义是一个历史的范畴,在社会发展的不同阶段、不同时期有不同的具体内容。革命时期,需要我们为祖国的独立自主出生入死;建设时期,需要我们为祖国的繁荣富强增砖添瓦。在全国各族人民团结一心,开启全面建设社会主义现代化国家新征程的今天，我们要争做一名新时期的爱国者。新时期的爱国者要有强烈的民族自尊心、自豪感。民族自尊心、自豪感是任何时期、任何爱国者都必须具备的情感。民族自尊心能增强我们自立向上的恒心，民族自豪感能树立我们建设祖国的信心。要树立"祖国高于一切"的崇高信念，为了祖国和人民的利益不惜抛却个人的利益，甚至不惜牺牲个人的生命。我们要树立终身学习的理念，拓宽自己的知识面，广泛吸收新知识、新技术，完善自身的知识结构，更新学习知识的方法与理念，从思想上、知识上充分武装自己，为祖国的繁荣昌盛贡献力量。

　　爱国主义思想的继承和发扬，是关系到民族盛衰、国家兴亡的根本问题。爱国主义思想情操的形成，需要不断地培养。培养爱国主义精神的一个重要途径是向英雄人物和典范事迹学习和致敬。这套丛书的出版,对于青少年向英雄和先进人物学习,特别是对于在中小学生中进行爱国主义教育是不可多得的生动的教材。祝愿此书出版发行成功,为培养时代新人做出贡献。

胡维革

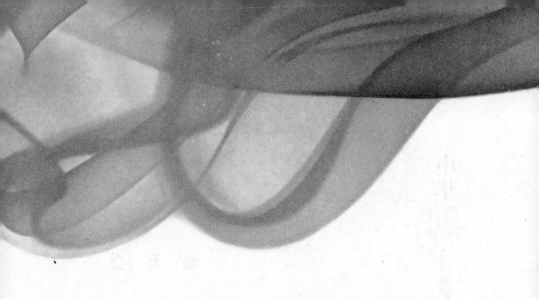

　　冯玉祥先生从一个典型的旧军人转变成为一个民主的军人，他经过了曲折的道路，最后走向新民主主义的中国。

——周恩来

目　录

中华魂 百部爱国故事丛书
ZHONGHUA HUN

初显身手　滦州起义

　　1882年11月6日（清光绪八年九月二十六日），冯玉祥出生在安徽巢县一个贫苦的农工家庭里，其父冯有茂（原名秀文）原是泥瓦匠出身，为人严正戆直，侠义豪爽，后投身李鸿章的淮军。冯玉祥出生后，冯有茂已因功升迁为后营右哨哨官，不久随部队调往保定。童年时的冯玉祥家境窘迫，他所穿衣物都是布衣布履，从没沾过绫罗绸缎。迫于生计，冯玉祥10岁时，在他父亲的长官苗开泰管带的帮助下入淮军当兵，由于年龄太小，他暂时不用入营服役，只是在军中挂名领饷，称作"恩饷"。按军中恩饷制，冯玉祥可以享受每月领饷一份，虽然微薄，对穷家也不无小补。

　　冯玉祥年纪虽小，却生得高大健壮，气力过人，军营中人都叫他"冯大个儿"。1894年，中日"甲午战争"爆发，冯有茂所在营奉命去修筑大沽口炮台，12岁的冯玉祥也跟着去了。他们父子一营人等驻扎在曹头沽、南港、双桥等处，离他们施工地20里远的海

心向革命　追求光明

面上，就停泊着日本军舰。冯玉祥经常听到营里的人议论日本军舰和外国欺侮中国的事，这种民族的仇恨，尤其对日本的仇恨，在他幼小的心灵里投下了耻辱的阴影。经过整整两年的艰辛劳作，大沽口炮台修筑完成。这一建筑之坚固，堪称全国首屈一指的海防工程。19尊崭新的大炮，威风凛凛，都是李鸿章从德国买的。冯玉祥他们对自己的辛劳成果打心眼儿里感到自豪。

1896年，从大沽口回到保定以后，冯玉祥正式入

日本兵在大沽口屠杀我同胞

营服役，他的军旅生涯从此开始了。

1900年，八国联军打进北京，慈禧太后仓皇出逃，李鸿章出头议和，结果是与列强签订了丧权辱国的

《辛丑条约》，不但赔偿了四亿五千万两白银，其中还有一条就是拆毁大沽口炮台，而且以后永远不准中国再在大沽口设置任何国防工事。各炮台还没一试身手就要拆毁，消息传来，冯玉祥内心十分悲痛。从这一刻起，他心中就树立了有朝一日要雪洗国耻的决心，并在以后练兵中，都是以日本为假想敌。

冯玉祥童年时读过一年半的私塾，他勤奋好学，到了军营之后，依然是一有余暇便埋头苦读，遇到不认识的字逢人便问，最爱读的就是侠义小说。训练时更是摔跤、打拳、举石头样样都行。由于他刻苦上进，又无不良嗜好，所以升迁得很快。在淮军中，冯玉祥对军营的积习太深、功过不明、赏罚失当、士兵疾苦无人过问等现象深感失望，渐渐萌生去意。1902年4月，他毅然离开淮军，改投到袁世凯的武卫右军中。

在淮军时，冯玉祥已是教习，到了新军，他又成了一名士兵，一切又要从头干起。每天清晨，冯玉祥比别人都起得早，腿绑沙袋，疾行15里，练习脚力。回到营中，大家还在睡觉，他又扛出长枪去操练。往日那股拼搏进取的精神，在冯玉祥身上更胜过去，入新军的头一年就被提为头棚副目，翌年又升为四棚正目，第二营哨长。武卫右军改编为新军第六镇后，1906年7月，冯玉祥再升为第十二协二十四标第三营

后队队官，移驻奉天新民府。1909年，他又提升为第一混成协督队官。

1904年的冯玉祥

当时，清朝政府的卖国行径和暴戾恣睢的专制统治，激起了全国各地革命党人的反清活动。冯玉祥等一批军人心中郁积的不满情绪也愈来愈强烈。1910年，他已升为新成立的第二十镇第四十协八十标第三营管带，并结识了革命党人孙谏声，读到了《嘉定屠城记》和《扬州十日记》等反清书籍，经过暗中串联，冯玉祥和兄弟营的王金铭、施从云等青年军官成立了秘密组织"武学研究会"，共同立下"先驱清廷，后御外侮"的誓言，大家公推冯玉祥为会长。武学研究会名义上是读书会，实际上是以读书为名联络官兵，密谋推翻清朝统治。

后来，冯玉祥在《我的生活》中记述当时的心情："心里的火山像新加了几个喷火口，血液被燃烧得沸腾，不可遏止。军中一部分有良心热血的官长，对于清廷的昏庸误国，也都愤愤不平，深恶痛恨。在这种无形的一致要求之下，我们常在一起的一些朋友，遂想到暗自组织一个团体。大家磋商鼓励，从而做推翻满清政权的工作。"

武学研究会的范围，逐渐扩大到各营各连。当时参加的除第二十镇参谋长刘一清、第八十标第一营管带王石清、第二营管带郑金声、第三营参谋官孙岳以及张之江、李鸣钟、韩复榘等人外，在学兵营的鹿钟麟也参加了武学研究会，因此和冯玉祥相识，并结为知己，从此追随冯玉祥戎马近40年。为了扩大联系面，加紧准备武装起事，冯玉祥和王金铭又在武学研究会基础上成立了"山东同乡会"，筹措款，购置弹药。山东同乡会旨在武装反对清政府，鹿钟麟虽不是山东籍，也参加为会员。他奉命潜入奉天、北京、唐山、天津等地，联络会员，出色地完成任务，很受冯玉祥赏识。

1911年10月10日，革命党人领导的武昌起义（辛亥革命）爆发。消息传来，极大地鼓舞了冯玉祥、王金铭、施从云和鹿钟麟等人，他们兴奋激动不已。那时，清政府的陆军每隔三年举行一次秋季操练，称作"秋操"。冯玉祥和鹿钟麟所在军营要赴滦州秋操。冯玉祥和王金铭、施从云、鹿钟麟等人秘密商议，利用在滦州秋操之际，举行滦州起义，以响应武昌起义。

心向革命 追求光明
——平民将军冯玉祥

11月12日，他们在滦州成立北方革命军政府，王金铭为大都督，施从云为总司令，冯玉祥为参谋总长，鹿钟麟任右路军司令。

滦州地处京畿近地，清政府闻听冯玉祥等人所为，大为震惊，急忙调遣军队镇压。鹿钟麟率领右路军乘

辛亥年武昌起义是在黄花岗起义失败后，一部分革命党人决定把目标转向长江流域，准备在以武汉为中心的两湖地区发动一次新的武装起义。武昌起义敲响了清王朝封建统治的丧钟。革命军攻克总督府，占领武昌，消灭清军大批有生力量，在中国腹心地区打开一个缺口，成为对清王朝发动总攻击的突破口，并在全国燃起燎原烈火，沉重打击了清政府，致使1912年2月清帝被迫退位，结束了二百多年清王朝封建统治和二千多年君主专制统治。

车直驱天津、北京，欲直捣清政府的统治中心，但行至雷庄车站与清政府派来的大批军队遭遇。由于双方兵力悬殊，鹿钟麟寡不敌众，无法前进。清政府一面派大军镇压，一面派人抚慰瓦解起义军。最后滦州起义失败。王金铭、施从云英勇就义。冯玉祥被监禁，后得妻舅、身任京防营务执法处处长陆建章的说情和担保，才得以释放。鹿钟麟在长官车震力的担保下，也侥幸没被查处。滦州起义虽然失败了，但滦州接近帝都，它的起义，好像是一把尖刀，刺进了清政府的心窝里。著名史学家简又文评价说："则北方滦州之役可媲美南方黄花岗之役了。"

冯玉祥被释放后，由陆建章推荐，进北洋陆军左路备补军任前营营长。不久该营扩编为第二团，1914

起义军占领武昌

年10月，又改编为第十六混成协（旅），冯玉祥任旅长。鹿钟麟则被调任第四混成协二团第二营任副营长。1915年，鹿钟麟所在的第四混成协二团拨归到冯玉祥的第十六混成协下辖，于是鹿钟麟又成了冯玉祥的部下。

1913年的冯玉祥

　　武昌起义的最终胜利，敲响了清王朝封建统治的丧钟。袁世凯竟趁机窃取了辛亥革命的胜利成果，他把革命党人和清王朝都打压下去，夺得了全国的统治权，当上了中华民国的首位大总统。接着他处心积虑要复辟封建君主制度，梦想着做皇帝。袁世凯为了换取帝国主义的支持，不惜大量出卖国家主权，如承认沙俄控制外蒙古和日本灭亡中国的"二十一条"等等，成为中国近代史上最大的卖国贼。

反袁讨张　北京政变

　　1915年12月13日，袁世凯经过密谋策划，登基称帝，改元"洪宪"。他大封爵位，封冯玉祥为男爵。冯玉祥听此消息，气得顿足痛哭说："这是对我冯玉祥的极大侮辱。不把袁贼铲除，不把帝制推翻，对不起滦州起义的弟兄们。"尽管袁世凯手握人权和北洋军队，但他出卖国家民族利益，违背民主共和的历史发展潮流，必然遭到全国人民声讨。同年12月25日，前云南都督蔡锷通电各省宣布云南独立，组织护国军讨伐袁世凯。反袁称帝的护国运动开始。

　　1916年1月16日，蔡锷提前向四川泸州进发。出发之际，他发表《告滇中父老书》，表示要"竭股肱之力，济之以忠贞，以求勿负我父老之厚望"，并率全体官兵宣誓，誓词为："谁捍牧圉？曰维行者。与子同仇，不渝不舍。严尔纪律，服我方略。伐罪吊民，义闻赫濯。汝惟用命，其功懋懋。违亦当罚，钦哉违谖。"

　　袁世凯为迎战蔡锷，特派他的心腹大将陈宦入川指挥坐镇。陈宦调冯玉祥的第十六混成旅随他同去，抵达内江待命，接着陈宦又命令冯玉祥部开往泸州作

　　蔡锷，原名艮寅，字松坡。汉族，湖南邵阳人。1882年12月18日(清光绪八年十一月初九)生。1911年云南重九起义的主要领导者，总指挥。1915年云南护国起义的主要组织者和领导者，中华民国开国元勋。我国近代著名的革命家、军事家、政治家，爱国将领。1916年8月经上海去日本治病，11月8日病逝于福冈大学医院，年仅34岁。中华民国历史上第一位享受国葬殊荣的革命元勋。

奉命入川与护国军作战时的冯玉祥

战。冯玉祥处境两难，和护国军交战，违背他的心意；公然与袁世凯为敌，四周又都是他的领兵大将，其曹锟、吴佩孚、张敬尧等实力雄厚的部队也都入川，而自己兵力单薄。经过反复权衡，冯玉祥想起自己的参谋长蒋鸿遇在云南时曾经是蔡锷的棋友，于是派他持密信去和蔡锷接触。冯玉祥在信中表明对蔡锷正大光明的行动非常钦佩，必定竭力设法避免对战。并表示"不久的将来，亦必寻求机会和您携手，共同担负起打倒帝制的任务"。蔡锷亦回信表示对冯玉祥的处境很了解，希望能共同合作。

　　冯玉祥部开到泸州时，护国军的师长刘云峰部已攻下叙州。陈宦命冯玉祥迅速出兵收复叙州，但冯玉祥却按兵不动。经过再三电令，冯玉祥只好一面缓兵行进，一面又密派蒋鸿遇去和刘云峰联系议和。刘云峰却回复冯玉祥说：要么立即通电讨袁，要么立刻缴械投降。冯玉祥出于无奈，考虑只有先攻下叙州，才能有资本和护国军商量的合作的事。于是他出兵攻城，一战而胜。刘云峰部败退，这才肯接受冯玉祥的议和。

冯玉祥进入叙州城后，不但安抚好城内百姓，而且下令救治护国军留下的伤病员，使得本来心存恐惧的叙州军民人人感激不已。接下来，冯玉祥又致电陈宦，劝他认清形势，不要和革命队伍为敌，应该积极反对袁世凯称帝，尽快宣布四川独立。陈宦本来举棋不定，但在冯玉祥的一再劝说下，和全国上下一致讨袁的巨大压力下，他最终下定决心，通电宣布四川独立。这样，3月22日，袁世凯被迫取消帝制，但仍称大总统。四川独立后，贵州、广西、广东和浙江等省先后做出响应，纷纷独立。袁世凯遭受沉重打击，只做了83天皇帝的他不久便郁郁而死。护国战争宣告结束。

袁世凯死后，副总统黎元洪代理北洋政府大总统，冯国璋被选为新的副总统，但实权却操纵在国务总理段祺瑞手中。段祺瑞命令冯玉祥部进驻廊坊一带，时隔不久，段祺瑞问他的一个亲信对冯玉祥的看法，那人说："此人是滦州谋反的主犯之一，前番入川，又搞兵谏，直到现在，他的部队还戴着护国军的肩章，我看他生就一副反骨。"于是，段祺瑞下令解除了冯玉祥旅长的职务。冯玉祥便挂了一个闲职，在北京近郊的天台山佯装养病，但他与十六混成旅的官兵们一直没断了联系。

1917年，黎元洪和段祺瑞之间的矛盾日益加深。二人经过明争暗斗，最后段祺瑞被黎元洪罢免了职务。失势后的段祺瑞不得不从北京迁到天津，他不甘败落，又派人南下和军阀张勋联系，邀请他入京"调停国争"。张勋早年任江南提督，曾率兵血腥镇压过辛亥革命，是铁杆的"保皇派"。为了表示对清王朝的效忠，张勋和他所部官兵一直留着辫子，因此被讥为"辫子军"。

张勋先是到天津与段祺瑞见面，两人商谈后，张勋致电黎元洪，提出解散国会等六项要求。黎元洪没有军事实力，只得听命，并电请张勋入京。6月14日，张勋怀着叵测之心，来到北京见了黎元洪，然后又私下潜入紫禁城叩见废帝溥仪。他与溥仪制定下可耻的复辟计划。30日晚，张勋率领他的"辫子军"三千余人入驻北京天坛。第二天一早，他纠集前清一帮孤臣遗孽把溥仪抬出来，在紫禁城内举行了皇帝复位典礼，还把象征皇权的龙旗又公然挂了出来。

冯玉祥的老部下鹿钟麟把这个消息带到了天台山上，并请求他下山主持大义。冯玉祥听了立即火冒三丈。辛亥革命牺牲了多少仁人志士，才推翻了清王朝

的封建统治。如今张勋
又把废帝搬出来，这还
了得。他马上命人将他
在北京的房产抵押出去，
以备讨伐张勋的资金。
接着收拾行囊，跟随鹿
钟麟重返廊坊。十六混
成旅是冯玉祥一手带出
来的，多少年来，他和
所部将士们情同父子手

讨伐复辟时的冯玉祥

足。大家一听到他要回来，立即欢呼雀跃，蜂拥前去
车站迎接。

　　回到部队驻地，冯玉祥即刻对旧部发表讲话，痛
斥张勋复辟的倒行逆施，号召官兵们要奋起讨伐。讲
话完毕，即开始构筑工事，准备进攻。张勋的"辫子
军"一部分主力就驻扎在万庄，距廊坊很近，他们与
冯玉祥的部队刚一接火就败下阵去。冯玉祥率部乘胜
一举追击至右安门，攻入天坛，经过一昼夜的鏖战，
消灭了"辫子军"。张勋逃入荷兰使馆，他复辟的丑
剧至此收场。

　　段祺瑞只不过是想利用张勋来扳倒黎元洪，黎元
洪辞职后，他也打出讨逆的旗号，与冯玉祥一道讨伐

张勋，玩了个一石二鸟的伎俩。收复北京后，段祺瑞拥戴冯国璋当选北洋政府新总统，而他自行回任国务总理的职务。并对他的亲戚私交都给了升赏，唯独功劳最大的冯玉祥，依然是担任第十六混成旅旅长之职。

这年8月25日，孙中山在广州召开国会（1913年选出的国会）非常会议，提出"护法"，即维护《中华

讨逆军与辫子军在紫禁城东门作战

民国临时约法》。会议决定在广州成立军政府，以孙中山为军政府大元帅，唐继尧、陆荣廷为元帅。9月1日，孙中山通电全国否认以冯国璋为总统、段祺瑞为国务总理的北京政府，兴师北伐。进入1918年，南方护法军势如破竹，节节胜利。2月，段祺瑞为挽救危局，再次启用冯玉祥，命他率部入湘与孙中山的部队作战。

冯玉祥不愿展开内战，他把部队开到湖北武穴后，公然通电主张南北停战，言辞矛头直指段祺瑞："不与外人较雌雄，只与同胞争胜负……为公理正义而战，虽败亦荣，为义气与私愤而战，虽胜亦辱……"段祺瑞一怒之下，又下令撤冯玉祥的职，冯玉祥所部官兵愤怒抗议，段祺瑞害怕事态扩大不好收场，只得作罢。直系军阀曹锟借机把冯玉祥部召入自己麾下，任命冯玉祥为湘西镇守使，率部驻守常德。

1920年，直皖战争爆发，在那个局势混乱和动荡的年代中，隶属直系的冯玉祥部被频频调动。7月，他奉北京政府命令，率十六混成旅离开常德开赴武汉。之后又从武汉调到河南信阳驻防，再后来从河南进军陕西。冯玉祥率部在临潼打败皖系陈树藩部，此役后，他的第十六混成旅扩编为第十一师，北京政府任命他为师长，兼陕西督军。这期间，孙中山曾派人与冯玉祥联系，赠送了他大量革命书籍。冯玉祥将这些书籍交给鹿钟麟保管，以便随时阅读，并给孙中山回信说："任何时候只要用得着我时，我当无不尽力以赴。"

1922年，第一次直奉战争爆发，冯玉祥又奉命率部自陕西杀回河南，旋任河南督军。他的部队再次进行扩编，下辖两个旅和三个混成旅，任命鹿钟麟为第二十二旅旅长兼教导团团长。直系军阀中的大人物，

任陆军检阅使时的冯玉祥

吴佩孚听说此事，心中不快。因为由北京到汉口都处在他的势力控制之下，唯独当中河南是非嫡系的冯玉祥部，"卧榻之侧，岂容他人鼾睡？"不久，北洋政府发布命令，撤销冯玉祥河南督职务，改任陆军检阅使，授予扬武上将军衔。这实际是明升暗降，在削弱冯玉祥的实权。

1923年，曹锟收买国会"议员，贿选总统。窃位成功后，以曹锟为首的直系军阀操纵了北京政府。虽然曹锟当总统，但实际军权却掌握在吴佩孚手中。冯玉祥对曹、吴二人的所为十分不满。就在这一年吴佩孚50大寿时，各方人士都竞相巴结，携贵礼祝贺，冯玉祥却派人送来一个坛子。吴佩孚打开一看，里面装的不是酒，而是清水，另外附张条子，上写"君子之交淡如水"。吴佩孚看后冷笑说："知我者焕章（冯玉祥）也！"自此，他心中更加怨恨冯玉祥。

1924年，第二次直奉战争爆发，吴佩孚任命冯玉祥为第三路军总司令，开赴热河作战。他表面上任命冯玉祥为这一路军的总司令，实际上是想置他于死地。

心向革命 追求光明

平民将军冯玉祥

这一路不仅路途遥远，而且山脉横亘，道路崎岖，行军极困难。还有北方气候寒冷，人烟稀少，往往百里之内见不到一个人影，根本筹不到粮饷。况且冯玉祥一向不愿搜刮地方，吴佩孚企图借刀杀人，假奉军之手消灭冯玉祥和他的部队。

发动北京政变的冯玉祥将军

冯玉祥率部出发前，与部下胡景翼、孙岳等人密议要发动政变，推翻曹、吴统治的北京政权。他向来主张兵贵神速，这次却迟迟按兵不动，经吴佩孚再三催促，才于9月21日开出先头部队。10月22日，冯玉祥到达古北口后，得知吴佩孚在山海关被奉系打败，便率部秘密从半路上返回北京，以迅雷不及掩耳之势囚禁了曹锟，并迫使曹锟下令免去吴佩孚一身兼任的所有职务。24日，冯玉祥主持军政会议，决定成立中华民国国民军，脱离直系军阀，他亲任国民军总司令兼第一军军长，胡景翼、孙岳分别任副司令兼第二、第三军军长。这就是著名的"北京政变"。吴佩孚率残兵从海上逃往长江一带，曹锟见大势已去，只得宣布退职。

冯玉祥一贯痛恨封建帝制，早在讨伐张勋收复北京时，就曾决意驱逐溥仪出紫禁城，当时为段祺瑞所阻。这次北京政变成功后，他更是下定决心把溥仪赶出皇宫去。11月5日，内阁总理黄郛召开临时内阁会议，修改了清室优待条件，永远废除皇帝称号。将故宫一律开放，备充国立图书馆、博物馆之用。冯玉祥

1924年10月18日，冯玉祥发动北京政变，囚禁曹锟。

当天就令时任北京警备总司令的鹿钟麟和警察总监张壁执行，将宫内太监470余人、宫女百余人分别给资遣散。又用汽车5辆，送溥仪及清室后妃移居什刹海"醇王府"。不久，溥仪偕同郑孝胥、陈宝琛两人，由醇王府逃往日本公使馆。再后来，又从日本公使馆逃往天津日租界。

北京警备总司令鹿钟麟

北京政变的成功，孙中山受到极大的鼓舞，他马上致电给冯玉祥，电文说："义旗聿举，大憝肃清，诸兄功在国家，同深庆幸!建设大计，即欲决定。拟即日北上，与诸兄晤商。先此电达，诸维鉴及……"冯玉祥立即回电孙中山："辛亥革命未竟全功，致令先生政策无由施展，今幸偕同友军，戡定首都，此后一切建设大计，仍希先生指示，万望速驾北来，俾亲教诲是祷。"并派马伯援为代表持亲笔信前往广东迎接孙中山。

北京警备总司令鹿钟麟等率军警进入紫禁城

溥仪出宫

冯玉祥与军歌

军歌是凝聚军心、激发斗志的军旅共同语言。冯玉祥将军深知军歌的作用，写了很多的军歌。自1912年始，冯玉祥带领的部队中，流传着许多首冯玉祥作词的歌曲，最主要的有3首——《射击军纪歌》、《战斗动作歌》、《利用地物歌》。冯玉祥要求官兵每天训练都要唱这3首歌。

在冯玉祥的军歌中，还有相当部分是对士兵进行思想教育的，比如1915年，袁世凯政府答应日本提出的欲灭亡中国的"二十一条"，激起了全国人民的激愤。冯玉祥写下了《国耻歌》：四年五月七日，二十一条件。日军要挟我国，欺我四万万。同胞奔走呼号，誓死奔国难。况我爱国军人，铁血男儿汉！

冯玉祥写的这些军歌，都是根据部队训练和实战要求出发，强调军队纪律。这些歌语言通俗，没有文化的士兵都能很快学会，所以他写的军歌几乎传遍全国各种军队。

反奉失败　出访苏联

1924年11月10日，孙中山以中国国民党总理名义发表《北上宣言》，13日，他携夫人宋庆龄等一行20余人，从广州启程，赶赴北京。

在电邀孙中山北上的同时，冯玉祥由于对时局错误的分析，他又拥戴下野后蛰居在天津的段祺瑞，出任国民军大元帅。没想到，段祺瑞竟趁机联合奉系军阀张作霖，再次篡取北京政权。北京的局势急转直下，

天台山慈恩寺冯玉祥照片

完全超出了冯玉祥的控制。25日，心灰意冷的的冯玉祥厌倦与段祺瑞为伍，他不顾各方挽留，坚决辞去陆军检阅使之职，又往京西天台山去了。临行前，他抱着愧对孙中山的心情，嘱咐鹿钟麟说："孙先生到京后，一定要尽力保护。咱们的队伍，就等于是孙先生的队伍，应听孙先生的招呼。"就这样，冯玉祥至诚欢迎孙中山来北京促进和平政治改革的愿望宣告落空了。

年底，孙中山抱病入京，住进医院。冯玉祥不能亲自探视，但对于孙中山的病情十分惦念。1925年2月27日，他派夫人李德全（第二任妻子）携亲笔信赴京谒见孙中山。3月12日，孙中山在北京逝世。冯玉祥闻讯，放声悲哭，他虽不曾与孙中山谋过面，但心里一直引为知己。因而声称："如今一代伟人死了，知道我了解我的人不在了。"

孙中山逝世后，冯玉祥一心去开发西北，他在共产党人李大钊的帮助下，得到了苏联的军火物资以及人才技术的援助，他将所部的国民军继续扩大人员和兵种，这就是在中国军事史上，赫赫有名的"西北军"。常言道："树欲静而风不止。"正当冯玉祥正专心致志建设新西北的时候，野心勃勃的张作霖不断扩张地盘，势力已经延伸到沿海及长江各省。

这年秋季，日本举行大操之典，冯玉祥和张作霖

冯玉祥（左前）在张家口与鲍罗廷（中）商议援助计划

都接到请柬。冯玉祥派韩复榘率团前往观操，而张作霖派出的是一位年轻的军官，叫郭松龄。郭松龄年轻有为，颇具作战能力。他认识韩复榘后，流露出对张作霖作为的不满，想要联合冯玉祥的国民军秘密策反的意愿。韩复榘从日本回国后，将此事告知给冯玉祥，而后郭松龄又来亲见冯玉祥表达其诚意。冯玉祥本不愿参与内战，但他知郭松龄胸有大志，富于革命思想，维护和平的观点与他一贯的主张一致，加之张作霖与他多年为敌，所以最终下了助郭讨奉的决心。

11月12日，郭松龄集结7万人马，打起"东北国民军"的旗号，发表通电历数张作霖种种罪状，迫其下野。25日，冯玉祥部起兵呼应，发表"讨张檄文"。冯、郭联军，一路攻无不克，先拿下滦州，又攻陷山海关，再占据秦皇岛，最后夺取张作霖重兵设防的锦州。眼看就要直逼奉系老巢奉天时，战局发生了逆转，日本怕失去自己在东三省的既得利益，公开出兵干预，日军在利诱郭松龄未果的情况下，残忍地

郭松龄将军

将其俘获杀害。这场倒奉的战役以失败告终。

郭松龄的牺牲，给了冯玉祥不小的刺痛，同时更激化了他与张作霖的仇怨，他隐隐预感到自己必定将与奉系部队有一场大战。而此时，图谋再起的吴佩孚已与张作霖握手言和，化敌为友，准备联合攻打冯玉祥。冯玉祥面对险恶的形式，他考虑再三，决定出国考察。1926年1月1日，冯玉祥通电下野，将军权转交给部下张之江执掌，并任命他为西北边防督办。

1月23日，冯玉祥带领家人及随从一行，离开张家口，踏上访问苏联的旅程。途径蒙古的库伦时，他们遇到取道库伦转符拉迪沃斯托克赴广东的国民党要

奉军炮击冯玉祥部

员徐谦等人，在徐谦的介绍下，冯玉祥加入了中国国民党。5月9日，徐谦也作为冯玉祥的随从，随他一道前往苏联的莫斯科。在莫斯科，冯玉祥不仅参观了兵营、工厂和学校等，还会见了苏军统帅伏罗希洛夫及各界人士。这次考察，使冯玉祥认识到要想取得革命的成功，必须要有鲜明的政治主张，和坚强的政党组织。他决定回国后要让所部全体国民军都加入国民党，改变以往"群而不党"的状态。

访问苏联，是冯玉祥政治上的一个飞跃，使他加深了对孙中山的"联俄、联共、扶助农工"三大政策和"民主、民权、民生"三民主义纲领的认识。

就在冯玉祥出国学习考察期间，国内的坏消息接踵传到莫斯科。奉系的张作霖、直系的吴佩孚联合山东的张宗昌组成"讨赤军"，以讨赤为名，共同剿伐冯玉祥的国民军。山西军阀阎锡山听信谣言，也加入奉直联军中。四面受敌的国民军，在张之江和鹿钟麟的指挥下仅能勉力抵抗，经过南口一战损失惨重。冯玉祥接到战报，心急如焚，他把家属留在苏联，自己和其他人于8月17日匆忙启程赶往国内。他利用出国来消弭战祸的目的没能达到。

1926年，冯玉祥偕子女拜谒列宁墓。

五原誓师　起兵北伐

　　1926年9月3日，冯玉祥一行抵达蒙古库伦。15日回到国民军总司令部驻地。国民军的流散部队，听说冯玉祥归来，纷纷聚拢归队。冯玉祥于五原城召集国民军将领鹿钟麟、宋哲元、方振武、弓富魁、何其巩、石敬亭、孙岳、徐永昌等，以及国民党中央执行委员于右任，开会商讨国民军大计。会议决定成立国民军联军，17日，国民军联军在五原城内举行了誓师授旗典礼，冯玉祥宣布成立国民军联军总司令部，并就任联军总司令，鹿钟麟任联军总参谋长，史称"五原誓师"。这是国民军政治和军事上的新起点。

这期间，第一次国内革命战争已经进入高潮，国、共两党合作的北伐战争进行得如火如荼。冯玉祥为表明国民军联军忠于孙中山的三民主义，也决心出师北伐。出征前，他命国民军全体将士加入中国国民党，并郑重地向全国发出誓师宣言："国民军之目的，以国民党之主义，唤起民众，铲除卖国军阀，打倒帝国主义，求中国之自由独立，并联合世界上以平等待我之民族，共同奋斗，特宣誓生死与共，不达目的不止，此誓。"

冯玉祥在库伦与苏方人员会面

10月初，冯玉祥率领大军正式出师，11月末，占领西安。冯玉祥入驻西安后，一面派部队剿灭陕西各地土匪，建立国民军联军的后方基地；一面与国民党中央加强联系，经常与国民党派来的代表接触。

国民军联军总司令冯玉祥

1927年4月，国民军联军被武汉国民政府改编为国民革命军第二集团军，冯玉祥被任命为第二集团军总司令。大军继续北伐，冯玉祥将部队分为6路，孙良诚率中路军为主力，由华阴出潼关，向洛阳、郑州挺进；鹿钟麟率东路军由孟津渡黄河，向直隶进发；岳维峻率南路军出紫荆关趋南阳；徐永昌率左路军出陕北经太原、出娘子关；孙仲连率右路军保护陕鄂交通；宋哲元率北路军留守陕西，以为后援。

5月5日，冯玉祥亲自坐镇中路军，出潼关后，一路攻克灵宝、陕州、洛宁、渑池等地。沿途击败直系刘振华部，刘振华溃败后，退居铁门镇与直系张治公部兵合一处。铁门镇为一要隘，易守难攻。24日，孙

五原誓师。左为冯玉
祥，右为刘伯坚。

良诚率部猛攻一整天，毫无战果。26日，孙良诚调整作战方案，将部队分成左、右两翼进攻，另派骑兵抄袭敌军后方。经过数小时激战，终于攻破铁门镇。刘振华和张治公率领残兵退入新安城，孙良诚并不给他们喘息的机会，率部随后杀来，一举击垮了他们这些直系的主力。这一战，孙良诚部俘虏敌军6000余人，缴获枪械5000余支，火车皮100余节。这是冯玉祥大军出师北伐以来，取得的第一个重大胜利。

攻取新安城后，冯玉祥的中路军继续向洛阳进发，途径磁涧与奉系万福麟部交火。奉军人精马壮、武器精良。冯玉祥的军队在他出国时，经南口战役遭受重创后，重武器损失殆尽。于是，孙良诚又是采取左右包抄的攻势，击垮对方。扫清前进障碍，当冯玉祥的大军开到洛阳时，驻守在那里的吴佩孚明白自己的直系已是土崩瓦解，他见势不妙，急忙举家逃走。冯玉祥留下一部分军队驻守洛阳后，又和孙良诚率部直逼郑州。

郑州之前的黑石
关，是进入郑州的天
险，张作霖派奉系大
军据险死守，企图在
此处与冯玉祥部展开
死战。冯玉祥集孙良

国民军联军总司令印

诚的中路军与鹿钟麟的东路军于一处，向奉军发起猛
烈攻击，最终艰难地攻下了黑石关。奉军弃关败走，5
月30日，冯玉祥的第二集团军胜利进驻郑州。至此，
奉系军队被赶回黄河以北，直系部队被消灭殆尽。

冯玉祥在潼关向开上前线的部队训话

在河南被俘的吴佩孚部队士兵

从五原誓师到参加北伐，是冯玉祥将军军事生涯中最为辉煌的时期。这一时期，他的部队由一只疲软之师，经过重整在五原城下崛起，变为一支充满革命精神和战斗意志的精锐之师，同时造就了一大批能征惯战，战功卓著的优秀将领。

孙良诚是1913年冯玉祥招来的士兵，此后一直追随冯左右，五原誓师后，冯玉祥发兵6路，孙良诚即是前锋，又是援陕前敌总指挥，他的部队作战勇敢，战功最大。出兵潼关，参加北伐，孙良诚为中路总指挥，攻洛阳，克郑州，下开封，历次重大战役，都是由孙良诚指挥，冯玉祥称，第一功勋无可争议的应属孙良诚。

石敬亭也是北伐功臣，他为人刚毅，有胆有识，五原誓师时任国民军联军政治部主任，后调任总参谋长，协助冯玉祥指挥军事，颇有建树。出兵潼关后，他出任第6方面军总指挥，参与了许多重大战斗行动，均建立功勋。

宋哲元带兵打仗和有一套办法，出兵潼关时任第4方面军总指挥，完成了许多艰难的作战任务。

刘汝明和孙良诚一样，都是冯玉祥当营长时招来的兵。他作战勇敢，1926年南口作战时，他是坚守南口的主将，在敌人猛攻下，他的指挥室被炸塌数处，仍面不改色，沉着镇定，继续指挥作战。刘汝明平时少言寡语，对部署极为关心，属下对他感情也十分深厚。北伐时，他任第2方面军总指挥，屡立战功。

韩复榘在西北军最困难的时候，投奔了阎锡山，五原誓师后，才重新回到冯玉祥的麾下，

冯玉祥向作战有功的将领颁发奖状

孙良诚　　石敬亭　　宋哲元　　刘汝明　　韩复榘

因为这段不光彩的历史，他颇受将领们的责难。他自觉愧对冯玉祥，因而在后来的作战中，表现的十分卖力。兰封大战中，他与石友三共同担任预备队，会战关键时刻，他突然出动，给敌军致命一击，战果颇丰。

6月4日，从武汉出发的北伐军部队，也是一路胜利到达郑州，9日，冯玉祥部与北伐军唐生智部在郑州会师。10日，武汉国民政府主席汪精卫等要员在郑州与冯玉祥举行"郑州会议"，会议连续开了3天。由于冯玉祥在军事上取得了重大胜利，因此郑州会议上，武汉国民政府赋予他很多大权，特别是任命他为河南省主席一职。会后，唐生智率部回师武汉，冯玉祥驻守河南。

实际上，郑州会议给冯玉祥和汪精卫两方面都没有留下什么好印象。冯玉祥出身贫苦，一生提倡节俭，而且军纪严明，他走到哪里都是身着粗布军装，人称"布衣将军"。而汪精卫等国民党要员却是一贯奢侈腐败，自由散漫。因此，冯玉祥派人给汪精卫送去一副对联，字字刻薄：

一桌子点心，半桌子水果，哪知民间疾苦

两点钟开会，四点钟到齐，岂是革命精神

　　而在汪精卫的眼中，冯玉祥就是个"怪物"，有专车不坐偏坐大车，有好饭不吃专啃窝头，有高贵的服装不穿非穿粗布衣裳，简直不可理喻。郑州会议是冯玉祥和汪精卫合作的开始，也是分歧的开始。

　　不久，时任国民革命军总司令的蒋介石，以"清党"为名，屠杀共产党人。并在南京另立国民政府，与以汪精卫为首的武汉国民政府直接对立。标志宁汉分裂。在这种形势下，手握重兵的冯玉祥成了蒋介石与汪精卫竞相争取的对象。17日，蒋介石致电冯玉祥，邀请他到徐州会面，举行"徐州会议"。19日，冯玉祥抱着调和国民党内部矛盾，共商党国大计的心态，乘火车前往徐州去会见蒋介石。

　　蒋介石亲自到车站去迎接。这让冯玉祥很是感动，他上了蒋介石的专车，一路畅谈，非常投机。

　　20日，徐州会议召开，各方代表举行会谈。会议持续了两天，蒋介石在会上称誉冯玉祥为"民众救星"，并答应每月拨给他军饷。两人又对继续北伐、对待武汉国民政府及共产党人的态度等问题达成了共识。

蒋介石的慷慨解囊，更增添了冯玉祥对他的好感。徐州会议促成了蒋、冯的合作，使武汉国民政府处于孤立。同时，徐州会议也是冯玉祥惟一的一次错误反共决定。会后，他把所部队伍里的共产党人全都清查出来，以礼相送出境。

面对冯玉祥处理宁汉关系的态度上，汪精卫当然不会坐视不理。这年秋天，武汉国民政府派唐生智为总司令率军东征，讨伐蒋介石。与此同时，桂系军阀李宗仁也排挤蒋介石。8月13日，蒋介石被迫下野，宁汉开始合流。李宗仁趁机把持南京国民政府，孙传芳、张宗昌等军阀也纷纷卷土重来。冯玉祥面临着极其不利的形势，他想到联合被武汉国民政府改编的、时任国民革命军第3集团军总司令的阎锡山。因为阎锡山同冯玉祥一样，一直遭受着张作霖的威胁。9月，阎锡山部对奉军开战，却不利战败。10月，冯玉祥为了援助阎锡山保卫山西，向鲁系军阀张宗昌部宣战，至月底，大败鲁军。

北伐战争

北伐战争又称"第一次大革命"。是由中华民国的广州国民政府及其领导下的国民革命军北进讨伐北京北洋政府及其领导下的各路军阀，使中华民国在形式上完成统一的战争。

1926年2月，中国共产党向全国人民明确提出了出兵北伐推翻军阀统治的政治主张。1926年5月，国民革命军第七军一部和第四军叶挺独立团等作为先头部队，先行出兵湖南，援助正被吴佩孚部击败而退守湘南衡阳的第八军唐生智部。1926年7月1日，国民政府军事委员会颁布北伐动员令，9日国民革命军在广州誓师，标志北伐战争正式开始。9月，冯玉祥率部在五原誓师，组织国民军联军响应北伐。北伐军在不到半年的时间里，打垮了吴佩孚，消灭了孙传芳主力，重创了张作霖的军队，进占到长江流域和黄河流域部分地区，沉重地打击了帝国主义和北洋军阀的反动统治，加速了中国革命历史的进程。

由于革命势力的猛烈发展，直接威胁到帝国主义的在华利益。蒋介石为首的国民党右派同帝国主义和中国资产阶级右翼勾结起来，加紧反革命阴谋活动。1927年4月12日，蒋介石公开发动了反革命政变，即四一二政变。蒋介石叛变革命后，以汪精卫为首的武汉政府也加紧反革命活动。大批共产党员和工农群众遭到杀害，第一次国内革命战争遭到失败。

这次战争中途夭折的教训，使共产党人和中国人民深刻认识到建立无产阶级军队，开展武装斗争的极端重要性，共产党于8月1日发动南昌起义，从而开始走上创建中国工农红军，进行土地革命，以农村包围城市，武装夺取政权的崭新革命道路。

冯玉祥礼送共产党出境

1927年4月12日，以蒋介石为首的国民党新右派在上海发动反对共产党的政变，在上海对共产党进行血腥屠杀。1927年7月15日，时任武汉国民政府主席的汪精卫在武汉召开国民党中央"分共"会议，之后发布命令，要国民政府领域之内的共产党员"务须洗心革面"，否则，一经拿获，即行明正典刑，"决不宽恕"。大批共产党人、革命人士和工农群众被屠杀。随着汪精卫集团的叛变革命，国共两党的合作彻底破裂。、

从五原誓师到西安解围，是中国共产党和冯玉祥在大革命中合作最密切的时期，共产党员对冯玉祥给了很大的帮助，在大革命后期，由于当时受蒋介石的笼络，对蒋介石反革命面目还认识不清，多次颁布命令不准他的部属从事反蒋活动，不准呼喊反蒋口号。当蒋介石在清党的时候，当别人对共产党大肆屠杀的时候，冯玉祥却没有这么做，他把在他部队工作的200多名共产党员和他管辖地区的地方中的共产党员干部40多人调到郑州，先请他们吃饭。之后，每个人给了路费，用火车将他们送到河南与湖北交界的武胜关，让他们下车，由他们自己选择去向。

四派纷争　血战中原

1928年初，在冯玉祥和阎锡山的斡旋下，蒋介石重新出任国民革命军总司令之职。2月，国民党召开二届四中全会，蒋介石被选为国民党中央主席。他对于冯玉祥在他危难时刻给予的帮助，十分感激。18日，在冯玉祥的第二集团军司令部，蒋介石与他举行了结拜仪式，两人互换兰谱，正式结盟。蒋介石在送给冯玉祥的帖子上写道："安危共仗，甘苦共尝；海枯不烂，生死不渝。"而冯玉祥送给蒋介石的帖子也写道："结盟真义，是为主义；碎尸万段，在所不计。"冯玉祥与蒋介石在政治上短暂的"蜜月"期开始了。

3月7日，国民党中央又推举蒋介石为中央政治会议主席，并决定了四个政治分会主席，即广州政治分会主席李济深、武汉政治分会主席李宗仁、开封政治分会主席冯玉祥及太原政治分会主席阎锡山。至此，国民党蒋、冯、阎、桂四大派系形成新的局面。

4月7日，蒋介石下令继续"北伐"，大举进攻奉系张作霖、鲁系张宗昌以及东南派系孙传芳三部合并的"安国军"。18日，冯玉祥部攻占兖州，21日，再克济宁。4月底和5月初，张宗昌和孙传芳先后逃离济

心向革命　追求光明

南向北撤离。一个月后，张作霖被迫逃往关外，被日本关东军炸死于皇姑屯。这是四大派系形成后仅有的一次军事合作，它也是冯玉祥与蒋介石的最后一次联手行动。

蒋介石进驻济南后，日军不但暗杀了张作霖，在此前还制造了骇人听闻的"济南惨案"（五三惨案）。在这次惨案中，日军共杀害中国军民数千人，震惊中外。蒋介石得了"恐日症"，他仓皇逃离济南，并下令国民党部队全面停止对日军的抵抗。冯玉祥对蒋介石消极抗日的政策颇为不满，他虽然是蒋介石的结义大

　　日军炮击济南。面对日军的威胁，蒋介石采取了退让方针，命令北伐军"忍辱负重"，撤出济南，绕道北伐。日军占领济南城后，肆意杀人抢掠，奸淫妇女，又将街上市民赶至一处，作刺杀目标取乐。日军为了消灭罪证，把中国军民的尸体用麻袋包裹后，运至青岛投入海中，或者浇汽油焚烧。来不及撤出的数百名伤员也全部被日军屠杀。据济南惨案被难家属联合会调查："济南惨案"中国军民死亡6123人，伤1700多人。

哥，但多年来的爱国思想却与他这个义弟迥然不同。济南惨案令冯玉祥无比心痛，他亲自作了一首《五三国耻歌》，印发给所部将士传诵。歌词中写道：

五卅惨案（发生在上海）血未干，

济案国耻又失节，

日本占我济南，杀我民众，

阻我北伐想将我国灭！

亲爱的同胞呀！

我们要夺回济南血尽国耻！铲除国贼！

经济绝交！把伊粮缺！

奋斗牺牲！战胜一切！

努力！努力！

我们有锐利的枪、炮！

我们有鲜红的热血！

北伐战争期间，冯玉祥的兵力增加到40万之众，强大的军事实力让他在国民党军界、政界中有了举足轻重的地位。眼见北伐胜利已成定局，蒋介石担心他这位结义大哥的势力发展过快，将来难以控制，尤其是阎锡山对他说："请你翻开历史看看，哪个人没吃过他（冯玉祥）的亏？"听了这话，蒋介石愈发觉得冯玉祥是威胁，不可靠。

6月2日，蒋介石与冯玉祥会面，他表面上征求冯玉祥对于直隶和京津地盘的分配意见，实际上心里早有了打算。冯玉祥内心里非常希望得到直隶和京津，但又不好直截了当地说出自己的意图，只是表示一切听从安排。他还天真地认为蒋绝不会亏待他，可没想到蒋介石却说："第二集团军拥有鲁、豫、陕、甘、宁、青六省，已不算少了，第三集团军才不过冀、晋、察、绥四省，也并不算多；况且京津两地外交关系复杂，不易应付，万一发生意外，难保不造成第二个济南惨案，大哥性情刚直，不适宜和外国人打交道，就交给阎锡山去应付吧。"

冯玉祥听后大失所望，尽管心里不高兴，但他有言在先，只好回答说："只要军阀国贼铲除干净了，我就十分满足了。别的事情，怎么办都可以，还是请你酌定吧。"冯玉祥自五原誓师以来，转战万里，历尽艰辛，迎击奉军主力，付出巨大代价，论功行赏，理应得到更多的地盘和权力。但是，蒋介石与阎锡山的这个秘密政治交易，使他干吃了一场哑巴亏，也让他对蒋介石更加心怀芥蒂。

蒋介石为了抚慰冯玉祥，给他安排了两个有职无权的闲职，一个是北平市市长，另一个是崇文门税关

044

监督。冯玉祥以养病为由，拒不北上任职。之后，蒋介石准备在北平召开善后会议，冯玉祥依旧称病不去参加。7月6日，经过蒋介石的再三敦请，冯玉祥这才乘车来到北平。北平即是当年的北京，这里冯玉祥是再也熟悉不过了，讨伐张勋复辟、出任陆军检阅使、发动首都革命、驱逐溥仪出宫，这一幕幕往事令他感慨万千。

冯玉祥到达北平的当天，国民党四大派系及一批党政要员，齐赴北平西山碧云寺，在孙中山灵柩前举行祭告典礼。9日，冯玉祥又在南口召开了万人追悼大会，悼念两年前在南口战役中阵亡的国民军将士，祭场上白茫茫的一片，摆满了各界人士敬献的挽联，而冯玉祥亲笔手书的一幅格外引人注目：

不共国贼戴天，四月战边关，
视死如归，数万健儿余白骨
终教元凶授首，两年收燕蓟，
招魂何处，一腔血泪奠黄沙

13日，冯玉祥率先离开北平返回河南。第二天，他即致电南京国民政府，要求拨巨款抚恤自1927年5月以来阵亡的第二集团军将士，他在电报中还表示了

对地盘划分的不满，以及对善后会议上做出的军队编遣决定表示抗议。8月，国民党政府准备在南京召开二届五中全会，解决军队编遣问题，各派系间的争吵也由北平转到了南京。8日，蒋介石在会上提出取消各地政治分会，他为了把大权集中到自己手里，已决心要消灭其他派系。

1929年1月，国民党召开全国编遣会议。蒋介石想削弱和铲除其他派系的军事力量，又深怕各派联合起来对付自己，会议召开之前，他便在各派系之间进行挑拨和拉拢，以防止他们合作。在军队编遣问题上，四大派系一直是各怀心机，都怕己方利益受损，因此编遣会议开开停停，各派系之间吵闹了近一个月，也没有解决任何实质性问题。冯玉祥本想同蒋介石合作，希望在蒋介石的支持下保存自己的实力，但是经过编遣会议之后，他终于看清了这是不可能的事。

2月5日，冯玉祥再次托"病"为由，不再履行公务。此时蒋、冯二人尽管还没有公开撕破脸皮，但是裂痕已经越来越深、无法弥合，以致后来兵戎相见。

桂系的李宗仁与蒋介石的矛盾由来已久，开始他顾忌蒋、冯的结拜关系，不敢轻举妄动。现在看到蒋、冯不再团结，便趁机拉拢冯玉祥共同反蒋。3月27日，蒋桂战争爆发。冯玉祥派出13万大军援助李宗仁，并任命韩复榘为援桂总指挥。可是战斗刚一开始，桂系主力李明瑞部就临阵倒戈，跑到蒋介石那一边去了。更糟糕的是，韩复榘也被蒋介石重金收买。6月，桂军全线溃败，李宗仁通电下野，逃往香港。蒋桂战争结束。

　　冯玉祥在蒋桂战争中的一招不慎，使自己再无力单独对抗蒋介石，他又想到了联合阎锡山。阎锡山表面上答应了冯玉祥的请求，邀他亲自到太原共商大计。可冯玉祥到了太原没几天，即被阎锡山软禁在五台山下的建安村。老奸巨猾的阎锡山以冯玉祥为筹码，与蒋介石讨价还价，得到了一个陆海空军副总司令的职务。

在山西遭软禁时，冯玉祥（左三）与阎锡山（左四）合影

　　冯玉祥被软禁，他的以西北军为基础的第二集团军群龙无首，蒋介石着手对其进行分化。阎锡山忽然想到，前番李宗仁被蒋介石搞垮了，如今西北军再被瓦解了，冯玉祥一倒，蒋介石下一个要对付的目标，就是他自己。想明白之后，他决定联冯反蒋。1930年2月28日，阎锡山亲自将冯玉祥从建安村接回到太原，冯玉祥因此得以结束长达八九个月的软禁生活，重新恢复自由。

　　这一时期，全国各地的反蒋力量都在寻求时机讨伐蒋介石。阎锡山与冯玉祥在太原会见了各方反蒋代表，共同制订了反蒋方略。逃往香港后又潜回广西的

阎锡山（右二）到建安村迎接冯玉祥（右四）回太原

李宗仁，张作霖的儿子张学良，也都来到太原参加了这次会盟。讨蒋联军宣告成立，决定以阎锡山为陆海空军总司令，冯玉祥、李宗仁、张学良为副总司令，兵分八路，共同讨伐蒋介石。3月10日，冯玉祥从太原返回潼关。4月1日，他召集西北军各部26万余兵力，亲率大军杀赴前线，欲与蒋介石决一死战。中原大战爆发。

　　冯玉祥率部出潼关直指河南，遇到的第一个对手便是韩复榘。韩复榘叛冯投蒋后，被蒋介石任命为河南省主席，如今他见西北军旧部大举来犯，自知不是敌手。双方还不曾交火，韩复榘便率部撤出河南，于是西北军不费一兵一卒，便轻易占据了洛阳和郑州等

中原大战前，冯玉祥的部队在潼关红场整装待发。

心向革命 追求光明
——平民将军冯玉祥

中原要地。4月中旬，阎锡山的晋军沿津浦线南下，5月兵至德州和济南。与此同时，李宗仁的桂军也完成部署，准备出动。

5月3日，阎锡山与冯玉祥在郑州举行会议，商定下一步作战计划。意欲晋军夺取徐州、西北军攻取武汉。至中旬，蒋介石亲自指挥其精锐部队作战，使阎锡山部陷于被动。冯玉祥派西北军孙良诚部及吉鸿昌部驰援，才解了晋军危急。孙、吉二人联手，使蒋军节节败退。6月上旬，李宗仁所部桂军进占了长沙和岳州。8月，西北军与晋军联手作战，合攻徐州，与蒋军在宁陵以北地区展开殊死搏斗。可是，由于晋军行动迟缓，徐州未能攻克。

就在此时，身处关外的张学良一直按兵不动，静观局

中原大战时的冯玉祥

势发展。9月18日，他在蒋介石的怂恿下，发出拥蒋通电。第二天，他便率领所部东北军，大举入关协助蒋介石。东北军的倒戈改变了整个战场的态势，蒋介石得以腾出手来，调集大批援军，疯狂狙击冯玉祥部，使西北军一下子陷入困境，最后连撤回潼关的后路也被封死了。

10月5日，冯玉祥带领残兵败将，好不容易从郑州突围出去，过了新乡，他把部队交给了鹿钟麟，要他去与蒋介石谈判，接受改编。10月下旬，中原大战结束。11月14日，阎、冯联名通电下野，阎锡山避居大连，冯玉祥隐居汾阳。至此，冯玉祥惨淡经营了20余年的西北军土崩瓦解。

心向革命 追求光明

——平民将军冯玉祥

拓展阅读
TUOZHAN YUEDU

大小西北军

民国史上有两个西北军，一个是冯玉祥的国民军，可称为大西北军或前西北军，一个是杨虎城的十七路军，可称为小西北军或后西北军。

西北军的形成最早可追溯到1912年。当时，袁世凯决定编练新的军队，冯玉祥因参加滦州起义而被解职、此时正赋闲在家，陆建章起用了他。冯玉祥上任之后，立刻到河北景县招了一营兵，这个营就是后来那支庞大西北军的最初班底。1913年，冯玉祥升为团长，下辖三个营。冯再次出外，到河南郾城、周口一带招了一个团的兵，吉鸿昌就是是这次招来的。1914年，冯玉祥的部队改编成十六混成旅，受中央直辖，属于独立作战单位，大西北军的框架到此基本形成。1930年，中原大战失利后，西北军余部被缩编为宋哲元的二十九军和孙连仲的二十六军，韩复榘、石友三率部投蒋。纵横驰骋20年的大西北军从此分崩离析、不复存在。

杨虎城从杀富济贫起家开始，拉起了一支

部队。后参加靖国军，任支队司令。1926年，国民军大部被讨贼联军打垮，杨虎城坚守西安8个月，终于等到了冯玉祥的援陕部队，一战成名。1927年，杨部改编为冯玉祥第二集团军第十军，归鹿钟麟指挥，参加北伐。第一战就消灭了奉军部两万余人。北伐胜利后，全国裁军，杨虎城部被缩编为暂二十一师，归孙良诚指挥。1929年蒋冯决裂，杨虎城转投蒋介石。蒋唐战争期间，杨虎城突袭驻马店，击败唐生智，立了大功，被蒋擢升为第七军长。中原大战时，杨虎城趁机将七军扩编为三个师。打下洛阳后，杨虎城率部西返，蒋介石将杨部升格为十七路军，任命杨虎城为总指挥兼陕西省主席。从此，十七路军被称为西北军，队伍达到6万多人。西安事变后，杨虎城被逼出洋，十七路军被撤消，缩编为三十八军，1946年，三十八军起义被改编为西北民主联军三十八军，小西北军从此进入解放军行列。

心向革命 追求光明

——平民将军冯玉祥

抗日杀敌　振奋国威

　　1931年5月28日，汪精卫在广州成立了广州国民政府，否认南京国民政府的合法性。9月18日，日本关东军炸毁了沈阳北郊柳条湖附近南满铁路的一段路轨，却反诬中国军队破坏铁路、袭击日本守备队，突然向东北军驻地北大营和沈阳城发动进攻，制造了震惊中外的"九一八"事变。23日，冯玉祥发出通电说："玉祥不敏，誓死与全国同胞共赴国难，粉身碎骨，义无返顾。"表示了他坚决抗日的决心。

　　事变发生后，全国人民一致要求各党派共同抗日。蒋介石迫于形势，派人去广州与汪精卫议和。年底，

柳条湖事件

国民党在南京召开四届一中全会，重组国民政府，广州国民政府宣告取消。应汪精卫的邀请，冯玉祥也出席了这次会议。因为"九一八"事变发生时，蒋介石曾密电张学良："沈阳日军行动，可作为地方事件，望力避冲突，以免事态扩大。一切对日交涉，听候中央处理。"因此冯玉祥在会上大骂蒋介石的不抗日政策，并发表了慷慨激昂的抗日演说。

1932年1月28日，国民党召开临时中央政治会议，冯玉祥被选为国民党常务委员。3月6日，蒋介石出任国民党委员长，但他的消极抗日政策并未改变。冯玉祥一气之下，跑到泰山上隐居起来。说是隐居，但冯玉祥并不是两耳不闻窗外事，他一边闭门潜心读书，一边时刻不忘筹划抗日救国的大计。这期间，冯玉祥与中国

冯玉祥在泰山

共产党人的联系又日益频繁起来，中共中央派了肖明来会见冯玉祥，向冯玉祥阐明了共产党抗日救国的主张，冯玉祥表示愿在共产党的帮助下举旗抗日。

10月9日，冯玉祥来到张家口。他的旧部宋哲元被南京国民政府任命为察哈尔省（中国旧省级行政区）

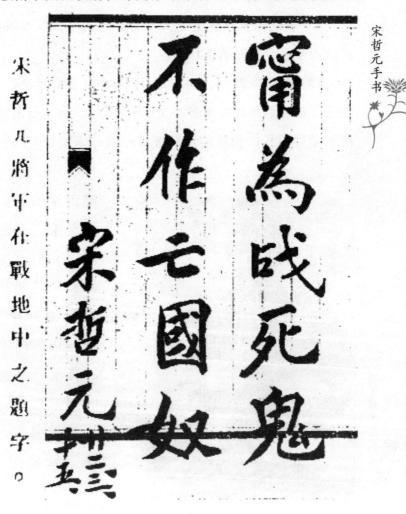

宋哲元手书

宁为战死鬼
不作亡国奴
宋哲元

宋哲元将军在战地中之题字。

主席，所部第二十九军就驻守在张家口。宋哲元热情接待了冯玉祥，并在冯玉祥的授意下，将部队开赴到长城，在喜峰口一带与日军展开激烈交锋。喜峰口是北平与热河的交通咽喉，东有铁门关、董家口、西有潘家口、罗文峪，明清时候不但是京师北卫的重要屏障，也是关外入朝进贡的关口。开赴前线之时，军长宋哲元写下了"宁为战死鬼，不做亡国奴"的誓言。

当二十九军的先遣团赶到喜峰口时，日军的500余名骑兵已经到了长城脚下，勇士们急忙堵上，打退了敌人，保住了阵地。夺回山头高地的同时，我军伤亡很大。3月10日，面对日军主力的总攻，二十九军部队伏于峰峦幽僻之处，伺敌兵近距战壕数十米时蜂拥而出，与敌白刃相接。

二十九军开赴前线

心向革命　追求光明
——平民将军冯玉祥

　　3月11日，组织了第二次夜袭，这次共出动了4个团的兵力，战士们每人身背一把闪闪发亮的大刀。凌晨三时，战斗打响，赵登禹、佟泽光两位旅长身先士卒，在近距离的拼杀中充分发挥大刀的威力。近千名敌人从睡梦中惊醒，不少人撞在二十九军勇士们的刀口上。共砍死砍伤敌人逾千名，缴获坦克11辆，装甲车6辆，大炮18门，机枪36挺，飞机一架，还有日军御赐军旗、地图、摄像机等。遭袭后的敌营里，到处是敌人的尸体，不少人半夜被惊醒"大刀队来了，快跑呀！"。此后，不少日本兵晚上睡觉，脖子上还要戴上一个自制的铁护圈，以防脑袋被砍掉。

"九一八"日军侵占东三省以来，这是日军受到的最顽强的抵抗。中国军队打破了日军不可战胜的神话，挽回了热河抗战中中国军队溃败所蒙受的耻辱。从此二十九军作为抗日雄师名扬长城内外，"据由敌地逃回百姓均谓，我华军不怕枪炮，新兵器皆无用等语"。

　　很快，第二十九军将士英勇抗日杀敌的讯息，迅速传遍全国。

　　为了避开南京国民政府的注意，冯玉祥住在张家口图书馆里，他表面上继续读书，暗地里加紧同共产党人及抗日民众的联系。当时由于东北和热河沦陷日军手中，大批东北义勇军部队和热河抗日民团进入察哈尔境内，国民党政府非但不接济他们，反而诬陷他们是土匪。冯玉祥很快就与这些人建立起联系，组织他们共同抗日。

　　1933年4月至5月间，日军越过长城，进逼平津，并侵占察哈尔省多伦、沽源等地。蒋介石政府依旧坚持不抵抗政策，准备与日军签订停战协定，即《塘沽协定》。

　　5月26日，冯玉祥在中国共产党的建议和帮助下，与其旧部吉鸿昌及方振武等人在张家口举行民众抗辱救亡大会，此时的吉鸿昌刚刚加入中国共产党不久。

心向革命 追求光明

——平民将军冯玉祥

随即通电宣布成立"察
哈尔民众抗日同盟军",
又称"察绥抗日同盟
军"。各路抗日组织公推
冯玉祥为同盟军总司令,
方振武任前敌总司令,
吉鸿昌任前敌总指挥。
冯玉祥通电内容如下:

　　日本帝国主义对华
侵略得寸进丈,直以灭
我国家、奴我国族,为
其绝无变更之目的。握
政府大权者,以不抵抗

会议纪念章

而弃三省,以假抵抗而失热河,以不彻底的局部抵抗
而受挫于淞沪、平津。……玉祥深念御侮救国为每一
民众所共有之自由,及应尽之神圣义务。自审才短力
微,不敢避死偷生。谨依各地民众之责望,于民国二
十二年五月二十六日以民众一分子之资格,在察省前
线出任民众抗日同盟军总司令,率领志同道合之战士
及民众,结成抗日战线,武装保卫察省,进而收复失
地,争取中国之独立自由。有一分力量,尽一分力量,
有十分力量,尽十分力量。大义所在,死而后已。凡

真正抗日者，国民之友，亦我之友；凡不抗日或假抗日者，国民之敌，亦我之敌。所望全国民众一致奋起，共驱强寇，保障民族生存，恢复领土完整，敬祈赐予指导及援助。

　　察哈尔抗日同盟军的成立，得到中国各界人士的拥护和支持，许多群众团体、社会名流以及高级将领纷纷致电冯玉祥表示支持和祝贺。中国共产党发动北平、天津和太原等地大批学生和青年，到张家口去参加抗日同盟军，共产党领导的蒙古人民抗日武装也加入了同盟军，从东北、热河到察哈尔，愿意抗日的部队，都云集于同盟军的旗帜之下，这样同盟军迅速发展到十几万人。

　　对于冯玉祥这种"自立山头"的行为，蒋介石当然不能容忍。冯玉祥一手建立

冯玉祥扛起步枪，向抗日同盟军将士训话。

察哈尔抗日同盟军

了西北军，雄踞西北和华北多年，虽然在中原大战后已经被他瓦解，但是冯玉祥振臂一呼，依旧有大批旧部投入其麾下，而且冯玉祥还允许共产党人在同盟军内部活动。蒋介石深感这是对国民党政府一种极大的威胁，他欲对冯玉祥除之而后快。但当时中国抗日救亡运动蓬勃兴起，而同盟军高喊抗日口号，蒋介石不敢直接取缔同盟军，只得公开声明不承认同盟军的地位，断绝内地与察哈尔省的一切联系。

6月上旬，日军同伪军进一步从热河侵占察东地区，重镇宝昌、康保相继失陷，局势不断恶化。21日，同盟军展开了驱逐日寇收复国土的战斗，将士们长期被积压的抗日怒火蓬勃爆发，他们兵分两路，向蚕食察哈尔的日伪军发起反击。22日，北路同盟军第五路军邓文部，从张北直取康保。防守康保的是从东北调来的伪军崔兴五部，战斗仅仅用了几个小时，伪军就被击溃，同盟军占领康保。23日，同盟军李忠义部及周义宣部共同攻打沽源，结果守卫沽源的伪军刘桂堂部慑于同盟军的声势，宣布投诚，沽源回到同盟军手中。

7月1日，同盟军进攻宝昌，城中守军为伪军张海鹏部和溃逃的崔兴五部。第五路军邓文部原属东北义勇军，他们最嫉恨的就是东北伪军，仇人相见，分外眼红。一番猛攻下，同盟军又击垮了张海鹏及崔兴五所部伪军，宝昌也被收复，张海鹏和崔兴五弃城逃往多伦。

抗日同盟军部队收复多伦

多伦为察东的重镇，它既是冀、察、蒙之间的交通枢纽，又是塞外商业的中心和军事要地，日军把它视为攻掠察、绥两省的战略要点。日军自从攻占热河后，即派出重兵将多伦占据。那里驻有日本关东军骑兵第四旅团（又称茂木旅团）3000多人，以及建制完整的伪军李守信部，又有炮兵部队。同时日军还在城外修筑32座碉堡，用交通壕连接，作为外围阵地。而且在丰宁一带，还有关东军第8师团为外援。真可谓重兵重重。

7月4日，同盟军开始进攻多伦，战斗持续3天，日伪军逐渐疲惫。7日，吉鸿昌发出总攻命令，同盟军邓文部、李忠义部、张凌云部同时发起猛攻，一举攻破多伦外围阵地，日伪军被迫退回城内、龟缩不出。由于城内日伪军守卫森严，同盟军一时无法攻下多伦。12日，

收复多伦的吉鸿昌将军

察哈尔抗日同盟军阵亡将士纪念塔

吉鸿昌亲自带领一部分同盟军战士，化装成回民商贩潜入城中。与此同时，城外的同盟军大部队经过三次爬城，终于里应外合攻入城内。经过4个多小时的激战，同盟军击毙日伪军1000余人，全面取得胜利，沦陷两个多月的多伦终于被光复。

多伦之战，是同盟军与日军的首次交锋，同盟军虽然牺牲严重，但使骄横的日寇也遭受到沉重的打击。而且被侵占的中国国土失而复得，因此多伦之战对日本侵略者在精神上也是一次重创。多伦之战将察东四县全部收复，成为"九一八"以来中国军队首次收复失地的壮举，给中国民众带来了极大的鼓舞。

义军瓦解　隐居泰山

　　国民党政府将同盟军的抗日行为视为"攘外必先安内"妥协政策的对抗，蒋介石千方百计要破坏同盟军组织，他不仅从舆论上大肆造谣诽谤，还派遣大量人员对同盟军各部进行分化、收买等活动。这还不够，他又派出以何应钦为首的大批国民党部队，逼近张家口意欲消灭同盟军。与此同时，日伪军两万多人也借机大举卷土重来，使同盟军处于被夹击的包围当中，处境十分危险。

　　同盟军经过多伦之战后，自身伤亡1600多人，在国民党政府对察哈尔省的封锁下，更是粮少弹缺，缺衣少穿，已经无力继续战斗。冯玉祥为了保存抗日力量，也是为了避免内战，他不得不同国民党政府接洽，宣布同盟军接受改编，他个人辞去同盟军总司令职务，解散同盟军司令部。于是，同盟军一部分被宋哲元的第二十九军收编，大部分被解散，少部分做了土匪、叛徒。吉鸿昌、方振武既不接受国民政府的收编，也不愿遭受解散的命运，他们继续组织抗日队伍，同敌军周旋。同盟军英雄人物邓文被国民党特务暗杀。冯玉祥重返泰山上隐居。

冯玉祥与方振武在张家口

1933 年 8 月 8 日，日军兵分两路再次入侵察东地区，北路攻多伦，南路打沽源。吉鸿昌率部奋力抵抗，可终因寡不敌众而失败。至中旬，多伦再次陷入日军之手。9 月 10 日，吉鸿昌与方振武在云州将抗日同盟军改编为"抗日讨贼军"，一边抗击日本侵略军，一边讨伐蒋介石。他们先后攻占了怀柔、密云，直逼北平。可是后来在何应钦部队的大举围攻下，讨贼军还是以失败告终。至此，察哈尔民众抗日同盟军完全失败。

1934 年 11 月 9 日，吉鸿昌在天津进行抗日活动时被国民党特务逮捕，24 日处死，临刑前留绝命诗：恨不抗日死，留作今日羞。国破尚如此，我何惜此头。
方振武在同盟军失败后长期隐居于香港，1941年珍珠
港事件之后，被国民党特务暗杀。

　　回到泰山后，冯玉祥的读书更加深入和系统了。
他广泛学习了政治、经济、历史等多方面的知识。甚
至对天文、地理，以及化学和物理的实验都产生了浓
厚的兴趣。后来，冯玉祥在《我的读书生活》中写到：
"这些书可以使我认识过去、现在，知未来，可以使我
获得正确的人生观，可以使我不走错了路，可以使我
的意志更加坚定，可以使我时时刻刻在前进。" 通过
学习，冯玉祥的价值观、人生观有了一定的转变，特
别是在听了中国共产党早期理论家李达讲述的马列主

冯玉祥在泰山读书

义原理之后，其思想发生了新的变化，开始认识到社会发展规律是"只能前进，不能回顾，只能开新，不能复旧"。

1934年5月，冯玉祥在获得韩复榘的准许后，游历胶东、黄县、蓬莱和烟台等地。回到泰山后，冯玉祥请随行记者将其在各地宣传抗日的情况，写成了《胶东游记》一书，记录了他在胶东猛烈抨击蒋介石政府卖国求荣的丑恶行径和罪恶后果。另外，冯玉祥还撰写了《泰山见闻录》、《冯玉祥读书笔记》、《察哈尔抗日实录》等书。通过这些著述，手中无枪的冯玉祥以笔代枪，同日本帝国主义及国民党政府进行了另一场不见硝烟的战斗。

除了钻研学问，冯玉祥还经常想着为民造福。他在泰山脚下买了40亩地，并派人到烟台购置回很多树苗，开辟为果园，他对身边的人说："前人种树后人乘凉，是我们

冯玉祥在泰山他修建的小桥旁留影

老祖宗的古训。我们吃不上这些果实，后人吃了也会感谢我们的。"冯玉祥走到哪里都不忘做的一件善事就是办学，他重回泰山后，在那里先后共办起多所泰山武训小学，学校实行免费教育，教学内容以宣传抗日爱国为主，教育学生要自立、自爱、精忠报国；泰山有许多深沟和溪河，到了洪水季节，交通困难，冯玉祥便出资在普照寺附近修建一座石桥，供人过往，名曰"大众桥"。

时至今日，泰山上依然保留着冯玉祥栽种的果树、创办的学校和修建的石桥。在那个时期，冯玉祥被当地百姓视为"大善人"、"活菩萨"。

重返战场　无力建功

1935年，日军加紧侵略华北，发动所谓"华北自治运动"，企图将冀、鲁、晋、察、绥五省和北平、天津、青岛三市脱离国民政府管辖。迫于国内舆论压力，9月，蒋介石致电冯玉祥，邀请他出席国民党四届六中全会。接到蒋介石的电报后，冯玉祥身边的亲信有相当一部人不同意他去，怕他遭到蒋介石的谋害。冯玉祥却不以为然，他决定充分利用这次机会，宣传抗日主张，团结抗日力量。相反，他认为如果不去，反而

冯玉祥在南京郊外策马前行

会受蒋介石把柄。

11月1日，冯玉祥从泰山来到南京，住进中山陵四方城寓所。同日，他在国民党六中全会上，与李烈钧等20余位国民党中央委员，提出一个《救亡大计案》，获得通过。该提案包括：切实保障人民的民主权利，大赦政治犯，联合世界上以平等待我之民族，起用抗日将领，充实军备等9条。会后，冯玉祥留在南京，12月，他出任国民党军事委员会副委员长，这个职务虽然没有实权，但地位很高。冯玉祥利用这一特殊身份，到处宣扬抗日爱国精神，并积极营救被国民党政府缉捕的共产党人及爱国师生。

1936年4月，时任西北剿匪副总司令的张学良开始了同中国共产党的秘密接触，他乘机飞抵延安会见

心向革命 追求光明
——平民将军冯玉祥

中共领导人周恩来。9月，中国共产党与张学良的东北军签订了《抗日救国协定》，双方正式结束敌对状态。12月12日，张学良与国民革命军第十七路军总指挥杨虎城，在临潼发动兵谏，要求国民党政府停止剿共、一致抗日。他们扣押了蒋介石及一批国民党要员，蒋

　　杨虎城，（1893-1949），著名抗日爱国将领，民族英雄，陆军上将。号虎臣。因与张学良发动"双十二事变"，后被蒋介石迫害致死。终年56岁。

介石时任国民党军事委员会委员长兼西北剿匪总司令。"西安事变"爆发，又称"双十二事变"。

西安事变后，蒋介石被迫停止内战，联共抗日，中国共产党倡导的抗日民族统一战线初步形成。1937年6月，驻丰台的日军开始连续举行军事演习，7月7日，卢沟桥的日本驻军声称有一名日军士兵在演习中失踪，要求进入卢沟桥边上的宛平县城搜查。中国守军国民革命军第二十九军拒绝了这一无理要求，日军遂向卢沟桥 带开火。"七七事变"爆发，日军开始全

第三战区司令长官、一级上将冯玉祥。

心向革命 追求光明

——平民将军冯玉祥

面入侵中国。

国民革命军第二十九军原属冯玉祥旧部，卢沟桥事变爆发后，冯玉祥即致电第二十九军将士"抗敌守土"、"以保千万年之光荣历史"。8月13日，日军对上海发起大规模进攻，上海军民奋起反抗，淞沪抗战拉开序幕，随即国内抗日战争全面爆发。国民党政府将全国分为十二个战区，冯玉祥被任命为第三战区司令长官负责指挥淞沪会战。

第三战区下辖张治中的第九集团军和张发奎的第八集团军。抗日救国一直是冯玉祥的心愿，现在政府将他派往战场，委以重任，他极其振奋。8月15日，

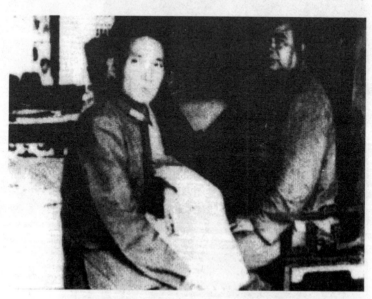

冯玉祥（右）在前线指挥所听张治中汇报

1937年8月16日，冯玉祥（左四）与第三战区将领杨虎（右二）、张发奎（右三）、张治中（右四）等合影。

冯玉祥亲自到抗战前线视察，得知张治中在上海指挥战斗，驱车直奔上海，抵达昆山时，12架日军飞机从他头上呼啸而过，投下数枚炸弹。随行人员都十分担心冯玉祥的安全，可他却说："抗战一起，我既抱定牺牲决心，现在虽处险境，心情倍觉舒畅。"日军飞机飞走后，他继续视察，泰然自若。到达上海后，冯玉祥在一个临时指挥所，与张治中等将领会面，并对部队进行了仔细的部署。

17日，冯玉祥乘车前往嘉兴，了解张发奎部队部署情况。在全面掌握了前线情况后，20日颁布了第三战区长官部作战指导要旨。22日，因淞沪战场形势趋

紧，以陈诚为总司令的第十五集团军成立，至此，第
三战区下辖3个集团军，成为全国抗日战场最重要的
一个战区。

　　本来，冯玉祥对出任国民党第三战区司令长官一
职很有信心，然而第三战区的部队大多是蒋介石的嫡
系部队，蒋介石本来就是个多疑的人，尤其对冯玉祥
更是不放心，因此他大搞越级指挥，凡事都要自己插

　　1937年9月26日，冯玉祥任命为第六战区司令长官的
委任状。

上一手，致使冯玉祥的军事权力被架空，成为"无言的司令长官"。

随着全国抗战局势的急剧恶化，华北战场日军为呼应淞沪作战，大举向南进攻，津浦铁路北段局势十分危急。国民政府决定组建第六战区，统一指挥该地区军队。第六战区的主力部队有宋哲元的第一集团军和韩复榘的第三集团军一部，他们都为冯玉祥的旧部，为了便于指挥，蒋介石有意让冯玉祥出任第六战区司令长官。蒋介石派白崇禧询问冯玉祥的意见，冯玉祥干脆的表示，当此抗战关头，我惟命是听。于是，一纸委任状很快发到冯玉祥的手中，冯玉祥很快离开第三战区，出任第六战区司令长官。

1937年9月，冯玉祥在桑园和第六战区副司令长官鹿仲麟（右二）、参谋长张知行（右一）研究敌情。

心向革命 追求光明
——平民将军冯玉祥

可没想到的是，他的这些旧部在国民党政府多年，早已变得腐败堕落、争权夺利。再加上蒋介石不断派人从中挑拨，国民党部队又刚在平津地区吃了败仗，士气十分低落。军无斗志，冯玉祥发出的命令，将领们能推就推能拖就拖。冯玉祥苦力支撑，津浦线的战局仍然日益恶化。不久，韩复榘为保存实力，不战放弃济南，将部队撤过黄河。济南的丢失，使第六战区的情况更加艰难。

几天以后，何应钦打来电话，将冯玉祥召回南京，到了南京才知道，政府已经决定撤销第六战区的战区序列，残部交第一战区收编指挥。冯玉祥上任不到两个月，就被免去了第六战区司令长官的职务。

尽管如此，冯玉祥为了抗日大计，他并未计较个人得失，虽不能亲赴战场杀敌，他仍然多次写信给蒋介石及前方将领，为抗日献计献策，鼓励将士英勇战斗。但是，冯玉祥怀着一腔热血，矢志抗日救国，却遭到蒋介石的猜忌和排挤，使他的理想和抱负不能得以实现。这段经历，给冯玉祥留下了无尽的沮丧和遗憾。

1938年，日军侵占南京后，国民党政府从南京迁到重庆。抗日战争进入相持阶段，国民党政府中许多人对抗战持悲观态度，主张对日妥协。冯玉祥竭力主张抗日到底，对于妥协者大加鞑伐。12月，汪精卫在日本的诱降下潜离重庆，叛国投敌，在后方造成了极坏的影响。1939年元旦，冯玉祥在最高国务会议上痛骂汪精卫的卖国行径，他还向国民政府建议，仿效杭州西湖岳飞墓前，为卖国贼秦桧夫妇铸长跪像的先例，在重庆修建一座抗战建国英雄墓，墓前也铸一对汪精卫夫妇长跪的铁像，让他遗臭万年。

侵华日军于1937年12月13日攻陷中国的南京之后，在南京城区及郊区对中国平民和战俘进行的长达6个星期的大规模屠杀、抢掠、强奸等战争罪行。据第二次世界大战结束后远东国际军事法庭和南京军事法庭的有关判决，在大屠杀中有20万以上至30万以上中国平民和战俘被日军杀害，南京城的三分之一被日军纵火烧毁。抗战胜利后，指挥南京大屠杀的刽子手松井石根被远东国际军事法庭处以绞刑，谷寿夫被引渡给中国政府处死。

为了支援前线，慰劳抗战将士，冯玉祥在后方发起献金运动。当时有许多社会名流攀名附势，向冯玉祥索字求画。于是冯玉祥便卖字鬻画，凡是向他求取字画的，一概索要笔资，作为抗日献金。他作的字画，往往都和抗日相关。除此之外，

1939年1月4日冯玉祥书写的中堂

冯玉祥还不辞劳苦地四次到四川省的20多个市县，广泛动员民众为抗日贡献力量，捐资救国。每到一地，冯玉祥总是声泪俱下地向当地群众发表演讲，在场者无不动容，纷纷慷慨解囊。尽管因为政治上的限制，冯玉祥不能率兵上前线杀敌，但他以这种方式来实现自己的救国梦想。

冯玉祥虽然出身行伍，却喜欢文墨。他的诗通俗

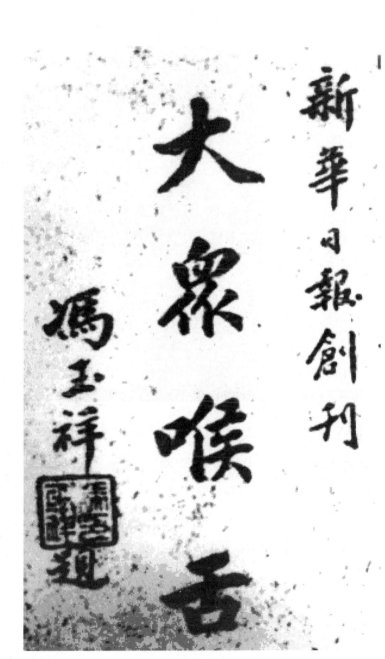

新華日報創刊

大衆喉舌

馮玉祥題

心向革命　追求光明

——平民将军冯玉祥

冯玉祥在四川泸
州发动节约献金

易懂并自成一体，人称"丘八诗"，故冯玉祥便自称为"丘八诗人"。1940年5月30日，冯玉祥作自体诗《我》：

我——冯玉祥，

平民生，平民活。

不讲美，不求阔。

只求为民，只求为国。

奋斗不已，守诚守拙。

此志不移，誓死抗倭。

尽心尽力，我写我说。

咬紧牙关，我便是我。

努力努力，一点不错。

这首诗充分体现了他的政治抱负和人生态度。

冯玉祥随国民党政府迁到重庆后，先后换过六次住所。刚来时住在两路口，后来房子被日军炸毁，就搬到了上清寺。冯玉祥不喜欢那里，他觉得鱼龙混杂，而且国民党军统特务进进出出，很不自在。于是他就自己出资在歇台子一荒坡上建了一栋两层高的小楼居住，定名为"抗倭楼"。可惜的是，"抗倭楼"地处荒坡上，很容易成为日军空袭的目标，冯玉祥一家不得不再次迁移到歌乐山云顶寺旁的一砖石楼房里，后让给李烈钧和苏联大使潘友新居住，遗址至今尚存。

再后来冯玉祥住进歌乐山金刚坡的一土木结构平房，取名为"铲倭轩"。最后

冯玉祥与女儿弗伐在重庆

冯玉祥和夫人李德全与子女颖达、晓达、洪达在重庆合影

冯玉祥全家搬进位于歌乐山麓的陈家桥白鹤村，一所老式四合院的宅院里，就是现在的冯玉祥旧居。冯玉祥给宅院命名"抗倭庐"，大门写"抗倭寇门"，三个二门，左写"不忘吉黑门"、中写"不忘辽热门"、右写"不忘北天门"，进二门外，左边的门是"复国仇门"、右边的门是"雪国耻门"，最里面两个后门，一个写"收复失地门"、另一个写"还我河山门"。在这里，冯玉祥一直居住到抗战胜利。

拓展阅读
TUOZHAN YUEDU

七七事变

七七事变，又称卢沟桥事变、七七卢沟桥事变，是1937年7月7日发生在中国北平的卢沟桥的中日军事冲突，日本就此全面进攻中国。七七事变是日本帝国主义为实现它鲸吞中国的野心而蓄意制造出来的，是它全面侵华的开始。

日本侵略者自1931年九一八事变侵吞中国东北后，为进一步挑起全面侵华战争，陆续运兵入关。到1936年，日军已从东、西、北三面包围了北平。1937年7月7日夜，卢沟桥的日本

心向革命 追求光明
——平民将军冯玉祥

驻军在未通知中国地方当局的情况下，径自在中国驻军阵地附近举行所谓军事演习，并诡称有一名日军士兵失踪，要求进入北平西南的宛平县城搜查，遭到中国守军的拒绝。日军随即进攻宛平城和卢沟桥。中国守军第29军37师219团奋起还击。

七七事变的第二天，中国共产党中央委员会就通电全国，呼吁："同胞们，平津危急！华北危急！中华民族危急！只有全民族实行抗战，才是我们的出路！"并且提出了"不让日本占领中国！""为保卫国土流血！"的口号。

七七事变拉开了中华民族全没面抗战的序幕。经过14年的浴血奋战，中国军民以伤亡达3500多万人的代价，终于取得了抗日战争的伟大胜利，也为世界反法西斯战争的胜利作出了不可磨灭的贡献。

保长戏连长

抗战时期，冯玉祥居住在重庆市郊的歌乐山，当地多为高级军政长官的住宅，普通老百姓不敢担任保长，冯玉祥遂自荐当了保长。一天，某部一连士兵进驻该地，连长来找保长借用民房，因不满意而横加指责。一副农民打扮冯玉祥见连长发火，便一鞠躬说："大人，本地住了许多当官的，差事实在不好办，您将就一点就是了。"连长一听，大怒道："你这个保长敢教训我？"冯玉祥微笑回答："不敢，我从前也当过兵，从来不愿打扰老百姓。"连长问："你干过什么？""排长、连长干过，营长、团长也干过。"那位连长起立，略显客气说："你还干过什么？"冯不慌不忙地说："师长、军长也干过，还干过几天总司令。"连长突然如梦初醒，双脚一并："你是冯副委员长？部下该死。"冯玉祥再一鞠躬："大人请坐！在军委会我是副委员长，在这里我是保长，理应侍候大人。"几句话说得这位连长无地自容，匆匆退出。

心向革命　追求光明
——平民将军冯玉祥

与蒋决裂　赴美抗争

　　1945年8月15日，日本天皇颁布停战诏书。9月2日，日本政府代表在投降书上签字，宣布无条件投降，中国政府代表徐永昌确认了日本的投降书。第二天，中国人民举国欢庆，庆祝抗日战争取得全面胜利。消息传来，正在成都青城山上的冯玉祥，禁不住热泪盈眶。为了纪念这一历史时刻，他捐资在青城山的天师洞附近建起一座草亭，并亲笔题写"闻胜亭"三个大

　　1945年9月9日，中国陆军司令何应钦在南京陆军司令部礼堂接受日本侵略军参谋长小林浅三递交的投降书。

字。

　　1946年初，国民党政府由重庆迁回南京，阔别八年后，冯玉祥及家人重归故地。抗战刚刚胜利，蒋介石便迫不及待露出反动独裁的本质，他独揽国民党大权，悍然杀害各民主党派进步人士，欲发动内战。冯玉祥发表文章怒斥蒋介石反人民、反民主的罪行，却招来了蒋介石更加严酷的制裁。9月1日，冯玉祥在上海《大公报》上发表《上蒋主席书》，再次劝他停止内战，实行民主政治。可蒋介石依旧不听。

　　2日，冯玉祥带领家人及随员，一行8人，登上

1946年，冯玉祥（右）在返回南京的轮船上

对国事忧心忡忡的冯玉祥

"美琪将军"号远洋轮船，以考察水利为名，远赴美国躲避蒋介石的迫害。14日，冯玉祥等人抵达美国旧金山。他们刚到美国不久，蒋介石即在国内掀起全面内战。美国的报纸对中国的内战有详细的报道，冯玉祥每每看到报纸上的这些新闻都心如刀绞。

1947年夏，蒋介石大肆镇压国内爱国学生运动。5月26日，冯玉祥在旧金山《世界日报》上发表《告全国同胞书》，声援国内学生的爱国运动，对蒋介石政府进行猛烈抨击。9月，冯玉祥一家离开旧金山，来到纽约。

同年，美国国会准备通过一项6000万美元的"紧急援华贷款"，用以扶持蒋介石政府。国会下院在批准拨款前，举行听证会，并邀请冯玉祥参加。冯玉祥在会上坦率表明了自己与蒋介石的分歧，毫不留情地指出："蒋介石政权是中国所有腐败政府的顶峰，外国的金钱是无法使他免于垮台的。"最后，他奉劝美国政府："该是到了迷途知返的时候了。事实很清楚，任凭你们有再多的美元，也永远填不满蒋介石这个贪得无厌的无底洞。"美国国会的议员们听冯玉祥足足讲了两个多小时，他讲得有依有据、有理有节。听证会后，国会下院将原计划的6000万美元援华贷款，缩减为1800万美元。

11月15日，冯玉祥在美国《民族报》上发表了《我为什么与蒋决裂？》一文，文中同时对蒋介石和美国政府进行控诉，他严正告诫美国说："历史证明，用外国金钱来干涉中国的政治斗争是白费的，这种干法只能唤起中国人民的仇恨。"12月26日，气急败坏的蒋介石勒令冯玉祥于年底前必须回国，遭到冯玉祥的断然拒绝。蒋介石一怒之下，剥夺了他水利特使的公职，并吊销其护照。希望以此令美国政府将冯玉祥驱逐出境，可是冯玉祥并不甘心就范，反而态度更加坚决地向外界宣布，他将和所有要推翻蒋介石的人合作，并将继续赴美国各地讲演，以此号召更多的人起来反对蒋介石。

1948年1月7日，蒋介石以"行为不检、言论荒谬""违反党纪、不听党的约束"等罪名，革除了冯玉祥的国民党党籍。国民党内坚持进步的有胆有识之士一致认识到，如果任由蒋介石这样倒行逆施下去，国

冯玉祥与史沫特莱在美国街头演讲

冯玉祥、李德全与女儿理达、女婿罗元铮在美国合影

家民族将陷于万劫不复之地。以李济深为首的国民党人决定从蒋介石政府中分裂出来，在香港另外组成了中国国民党革命委员会。大家公推李济深任革命委员会主席，冯玉祥任政治委员会主席。冯玉祥在美国听到消息后，心里感到十分振奋。2月，他在美国发起成立了国民党革命委员会驻美国总分会筹备会，并在美国政府注册登记。

　　8日，美国《纽约下午报》以显著位置刊登了冯玉祥的《致蒋介石的一封公开信》。这是他写给国民党反动当局的最后一封信，其中措辞更加激烈。历数蒋介石背叛革命，出卖国家，祸国殃民的种种罪迹，要求

蒋介石立刻下台，将一切主权交还人民。10日，冯玉
祥立下遗嘱，决心做真革命党，为民众死。表明他在
对蒋介石的斗争中，已将生死置之度外。

　　由于蒋介石同美帝国主义的勾结，使冯玉祥在公
开讲坛上发表演说受到美国政府的限制，他的文章美
国报纸也渐渐不予刊登了。处在这种艰难的情况下，
冯玉祥毫不气馁，他干脆走上街头，抓紧利用美国工
人中午下班吃饭的半个小时到一个小时的空隙，进行
宣传演说。此时的他，以一个流亡革命者的身份，无
所畏惧地站在美国普通民众中间，愤怒指责美国政府
错误的对华政策，他告诉美国人民，他们的血汗正在
被其政府大量浪费在支持一个腐败残暴的中国反动政

在美谒孙中山先生雕像

权上。

　　冯玉祥的每次演讲，街上都挤满了人。美国人民对于真理和正义所持有的热烈支持的态度，使冯玉祥深受感动，也更增强了他革命的勇气和信心。在这一年里，冯玉祥完成了其一生中最主要的著作《我所认识的蒋介石》。由于冯玉祥在中国政界有几十年的资历，又是一个对蒋介石知底很深的军政要人，所以他的著述，生动真实，极具内幕性。《我所认识的蒋介石》在国外曾一版再版，在香港又曾重新出版。香港出版社为此特请在美国的著名记者赵浩生写一篇序言。

1948年，冯玉祥将军在美拍摄的最后一张照片。

赵浩生满怀激情地以其犀利的笔锋在序言中写道：“蒋介石的性格是自私顽固，心胸狭窄，他认为中国是他的，爱国就要爱他，不爱他就是

不爱国。这种性格发展成其好独霸，讲权术，残酷无情和'宁予外贼，不予家奴'的作风。"

　　同年，在国内，中国人民解放军在全国范围内发起全面攻势，蒋介石的国民党独裁政府已是风雨飘摇，败局已定。就在解放战争即将获取全面胜利之际，中共中央决定筹备召开中国人民政治协商会议，邀请冯玉祥回国参加。身处海外的冯玉祥听到消息，立即表示回国，要投入新中国的建设中。7月30日，冯玉祥发表了《告留美侨胞书》，当中写道："玉祥这次回国是为了参加新的政治协商会议，筹备召开全国人民代表大会，组织真正民主的联合政府。从每天的报纸上，侨胞们和同学们都看得很清楚，尽管在美国千方百计援助之下，蒋氏独裁政权已日趋危殆，摇摇欲坠。中国人民的力量正在以排山倒海之势蓬勃地发展，中国前途是再清楚也没有了。人民的胜利就在不远的将来。"

回国建业　　不幸蒙难

　　1948年7月31日，冯玉祥及家人在纽约登上苏联"胜利"号轮船，准备取道苏联而后回到国内。"胜利"号轮船是第二次世界大战时期，苏军从德军手中缴获的，当时是欧洲首屈一指的豪华客轮，载客量达600人，排水量为9000吨。船上宽敞舒适，各种设施一应俱全。冯玉祥一家分别住在顶层头等舱位的4套包间内，同时住在头等舱位的还有4位苏共中央委员。经过一个月的航行，轮船驶入黑海，距离目的地仅剩一天的行程。9月1日中午时分，轮船底舱突然起火，大火迅速蔓延开来，整条轮船的四层甲板上都是浓烟滚滚。冯玉祥在这场意外中，不幸遇难，终年66岁。

"胜利"号轮船这场大火中，共有200余人丧生，其中还包括冯玉祥19岁的小女儿冯晓达，以及3位苏共中央委员。7日，苏联政府派出专机，将冯玉祥的遗体运抵莫斯科，在冯玉祥夫人李德全的同意下，冯玉祥的遗体在当地进行火化。之后，李德全带着丈夫的骨灰回到国内。1949年9月，中共中央在北京隆重举行了纪念冯玉祥将军逝世一周年大会。

1953年10月15日，中共中央根据冯玉祥将军生前的遗愿，及其家属的意见，决定将将军的骨灰安放在他早年生活过的泰山。

冯玉祥墓在泰山西溪东侧，墓为泰山花岗岩砌成，墓壁上正方横镌郭沫若手笔"冯玉祥先生之墓"七个金色大字。骨灰盒在墓壁中央，外嵌冯玉祥先生侧面

心向革命 追求光明

——平民将军冯玉祥

冯玉祥墓

铜质鎏金浮雕头像。头像下嵌黑色磨光花岗石方碣，
上刻隶书冯玉祥1940年5月30日自题诗《我》。

冯
玉
祥
墓
志
铭

当地政府每年在泰山冯玉祥陵墓举行纪念活动

    冯玉祥将军戎马一生，爱国爱民。在其50余年的军事生涯中，以治军严谨、擅长练兵著称。他更加注重爱国爱民思想教育，并身体力行、坚持要求长官与士兵同甘共苦。此外，还编著《军人精神书》《战阵一补》等书作为教材，经常给士兵讲课示范。纵观其一生，冯玉祥将军是一位从旧军人转变而成的坚定的民主主义战士；虽然和所有的历史人物一样，由于政治视野的局限，在他身上不可避免地存在这样那样的缺陷，但是，瑕不掩瑜，冯玉祥将军为中国民主事业的贡献，将是永垂不朽的。

中华魂·百部爱国故事丛书
提　　要

《誓与禁烟相始终——民族英雄林则徐》

林则徐严禁鸦片，坚决抵抗西方列强的侵略，坚持维护国家主权和民族利益。他是中国近代历史上第一位睁眼看世界的人，是抗击帝国主义殖民侵略的第一人，是中华民族抵御外侮过程中伟大的民族英雄。

《血洒虎门御敌寇——抗英将军关天培》

民族英雄关天培，在第一次鸦片战争中为了抗击英国侵略者的入侵而血洒虎门，为国捐躯，谱写了一曲可歌可泣的英雄赞歌。关天培用他的生命，书写了中国人民反抗外侮的历史。

《威震镇海靖节魂——抗敌英雄裕谦》

在第一次鸦片战争期间的众多牺牲者中，有一位官阶最高，他就是两江总督裕谦。裕谦与外国侵略者斗争立场坚定，与国内妥协派、投降派斗争态度坚决。裕谦督战镇海，与英国侵略军浴血奋战，临危不惧，以身报国，浩气长存。

《斩邪留正解民悬——太平天国领袖洪秀全》

农民出身的洪秀全，从失意文人到起义领袖，经历了长期的思想演变过程，在外敌入侵、清朝政府腐朽的历史环境之下，顺应时代的潮流，成长为一位非凡的历史英雄人物，建立了与清朝政府相抗衡的农民政权——太平天国。

《仰承汉唐　荟萃中外——近代数学家李善兰》

李善兰是我国19世纪重要的科学家之一，在数学、天文学、力学等方面都有重大建树。他继承了我国古代数学的成就，又以极大的热情传播西方科学文化，"仰承汉唐，荟萃中外"，把自己的一生献给了科学事业。

《严谨治学　勇于探索——近代著名数学家华蘅芳》

华蘅芳，中国近代数学家之一。其精通中国古算学，并熟练掌握西方近代数学，是中国验证抛物线并著书立说的参与者。为了证明"外国有的，中国也能造"而鞠躬尽瘁，在引进西方科学技术、传播科学知识上贡献卓著。

《折冲樽俎护山河——近代著名外交家曾纪泽》

曾纪泽是中国近代史上著名的爱国外交家，在中俄伊犁交涉事件中，他秉承抵抗列强、保卫国家的坚定意志，利用外交手段全力同沙俄抗争，捍卫了国家主权、民族尊严，收回了祖国的领土，在近代中国外交史上留下了光辉的一页。

《甲午海战留英名——民族英雄邓世昌》

邓世昌，北洋水师名将。本书以邓世昌的成长过程为线索，以代表性的历史故事为主要内容，还原真实的历史事件，突出鲜明的人物性格。邓世昌因在中日甲午海战中突出的英雄气概而名垂史册，书写了伟大的爱国主义篇章。

《誓与舰队共存亡——北洋水师提督丁汝昌》

丁汝昌处在清朝政府的腐朽和李鸿章的专断下，难以施展爱国的抱负，壮志未酬，愤恨而终。但丁汝昌为建立近代海军作出的巨大贡献，带领北洋舰队爱国官兵勇抗强敌的英雄事迹，将永远为后代所传颂。

《镇南关上凯歌扬——抗法老英雄冯子材》

1885年中法战争中，年逾古稀的冯子材为抵御外国侵略，勇赴国

难，大败法军于镇南关，并乘胜追击，接连收复文渊、谅山等地，从根本上扭转了中法战争的局面，成为近代民族英雄的杰出代表。

《屡败法军逞英豪——黑旗军将领刘永福》

刘永福是黑旗军的创建者，是农民出身的杰出军事家、政治活动家。在19世纪发生的援越抗法、中法战争中，他率部与帝国主义侵略者进行了殊死的战斗，建立了卓越的功勋，成为我国近代史上著名的民族英雄，为后世所景仰。

《矢志变法强国家——戊戌变法领袖康有为》

康有为是清末民初最有影响力的思想家之一。他领导了中国知识界的启蒙运动，掀起了一场自上而下的政体改革。他最早在中国提出了立宪政体和具体的宪政方案，主张在坚持儒家传统和帝制的前提下，学习西方经验，他的进步思想对近代中国具有深远的影响。

《开民智以报国 普新知而图强——戊戌变法思想家梁启超》

梁启超，中国近代史上著名的政治活动家、启蒙思想家、史学家、文学家，戊戌变法领袖之一。本书以百日维新思想家梁启超的成长过程为线索，以代表性的历史故事为主要内容，还原真实的历史事件，突出鲜明的人物性格。

《我自横刀向天笑——维新志士谭嗣同》

谭嗣同在民族危机的严重时刻，投身改革救中国的洪流。为了带给祖国一个光明的未来，紧要关头，他挺身而出，用自己的鲜血激励后人，把宝贵的生命献给了变法事业。

《睡乡敢遣警世钟——用生命警策国人的陈天华》

陈天华是民主革命的活动家和宣传家。他写的《猛回头》《警世钟》等书，起到了革命启蒙的重大作用。为了激发留日学生的爱国情怀，他不惜投海自杀，演出了近代史上感人至深的一幕，给后人留下了难忘的印象。

《革命军中马前卒——民主斗士邹容》

革命乃"至尊极高，独一无二，伟大绝伦之一目的"；它是"天演之公例，世界之公理，顺乎天而应乎人"的伟大行动。因此，必须"仗义群兴革命军"。他激情高呼："革命独子万岁！中华共和国万岁！"这就是《革命军》的作者，中国近代著名资产阶级革命宣传家邹容。

《休言女子非英物——鉴湖女侠秋瑾》

为民族解放和妇女解放而英勇斗争的秋瑾，冲破封建礼教的思想牢笼，打碎封建精神枷锁，崇仰真理，追求光明，主张共和，坚持男女平等，最终献出了自己年轻的生命。

《血溅校场　杀身成仁——民主斗士徐锡麟》

本书讲述了反清志士徐锡麟弃文从武、投身反清革命事业，最终被清政府杀害的故事。出于对国家的热爱，徐锡麟献出自己的生命，他的事迹将永远激励后人深切缅怀这位民主革命的先驱。

《生可死耳　我志长存——献身民主的禹之谟》

禹之谟，民主革命党人，同盟会会员，近代资产阶级革命家、实业家。1886年，20岁的禹之谟"提三尺剑，挟一卷书"游历四方，研究西方社会政治学说，忧国忧民之心日趋强烈。戊戌变法失败，他丢掉改良幻想，倡革命救亡之说，走上民主革命道路。

《物竞天择　适者生存——资产阶级启蒙思想家严复》

严复是中国近代著名的启蒙思想家、翻译家和教育家。他长期从事教育和翻译事业，为近代中国人才培养和思想启蒙做出了重要贡献，同时他也为中国的翻译事业和中西思想文化交流做出了重要贡献。

《辛亥革命急先锋——资产阶级革命家黄兴》

黄兴，清末民初资产阶级革命家，中华民国开国元勋。黄兴在武昌首义及辛亥革命时期的爱国表现，与孙中山闻名于当时，常被时人以"孙黄"并称。本书以资产阶级革命活动家黄兴的成长过程为线索，歌颂了先辈伟大的爱国主义精神。

《矢志革命　百折不回——近代民主革命家廖仲恺》

廖仲恺追随孙中山踏上了创立民国与捍卫共和制的旧民主主义革命

103

——平民将军冯玉祥

心向革命　追求光明

之路；在新民主主义革命时期，他为建立、巩固首次国共合作和实施三大政策，英勇奋斗，为国殉职，洒尽了一腔热血。

《将军拔剑南天起——护国英雄蔡锷》

蔡锷是中国近代史上的杰出军事家、爱国者。他的一生短暂而伟大。辛亥革命爆发，他毅然投身于革命洪流之中，领导云南重九起义，对武昌起义积极响应。袁世凯窃国复辟、恢复帝制的阴谋暴露出来以后，他又毅然举起了武装讨袁的旗帜。

《反帝反封建运动——五四青年的爱国故事》

五四运动是一次伟大的反帝反封建的爱国运动；是一个伟大的历史转折点；是中国人民的斗争从挫折走向胜利的一个关节点，它为中国的前进开辟了一条全新的道路，拉开了中国新民主主义革命的序幕。

《思想自由 兼容并包——著名教育家蔡元培》

蔡元培是中国近现代著名的民主革命家和教育家，一生经历风雨，却始终信守爱国和民主的政治理念，致力于废除封建主义的教育制度，奠定了我国新式教育制度的基础，为我国教育、文化、科学事业的发展做出了富有开创性的贡献。

《为国家争光 为民族争气——中国铁路之父詹天佑》

詹天佑是我国最早的杰出铁道工程师，因主持建造京张铁路而闻名中外，被誉为"中国铁路之父"。他为祖国的铁路事业贡献了毕生的精力。本书向读者展示了詹天佑热爱祖国、科技兴国的辉煌人生。

《实业救国 衣被天下——轻工之父张謇》

张謇是爱国实业家、教育家。他年轻时中过状元。过了40岁，开始投身工商实业活动中，他的名言是"富民强国之本在于工"。在南通，创办大生丝厂、银行等各种实业。并将创办实业的大部分所得投入教育。他的观点是，教育和实业一样，也是"富强之大本"。

《心向革命 追求光明——平民将军冯玉祥》

冯玉祥将军"是一位从旧军人转变而成的坚定的民主主义战士"。

抗日战争期间，他辗转各地，用实际行动积极抗战。日本战败投降后，他为了断绝美国的援蒋内战，又在美国四处演说，揭露蒋介石统治之黑暗，痛斥美国阴谋分裂中国的不良行为。

《刑场上的婚礼——革命烈士周文雍　陈铁军》

周文雍是广州起义的主要领导人之一。陈铁军出身于华侨商人家庭，却毅然投身革命洪流。1928年1月，两人接受派遣，回到广州假扮夫妻从事革命斗争，却不幸被捕。临刑前，两位烈士将敌人的枪声当作自己婚礼的礼炮，用生命和爱情谱写出一曲千古绝唱。

《星星之火　可以燎原——井冈山斗争的故事》

1927—1929年，毛泽东、朱德等老一辈革命家，在井冈山创建了农村革命根据地，进行了艰苦卓绝的斗争，建立了新型革命武装，点燃了工农武装革命之火，找到了农村包围城市最后夺取政权的中国革命的正确道路。

《新民学会的主要发起人——中国共产党早期革命家蔡和森》

蔡和森青年时期曾与毛泽东等人一起组织进步团体新民学会，参加五四运动，并在赴法国勤工俭学时研读大量马克思主义著作，回国后以满腔热忱投身革命事业，成为中国共产党早期重要的理论家和宣传家。

《威震黄浦江畔　高奏抗日壮歌——一·二八淞沪抗战》

面对日本侵略者的挑衅，十九路军在蒋光鼐、蔡廷锴的带领下，高举义旗，奋力一搏。一·二八淞沪抗战，是中国军人捍卫军人荣誉和祖国尊严所发出的吼声，谱写了一曲抗击日军侵略的英雄壮歌。

《将军恨不抗日死——慷慨就义的吉鸿昌》

在国难深重的20世纪30年代，吉鸿昌将军因拒绝执行国民党指示，坚决不打内战，被迫携眷出国"考察"。回国后，他加入中国共产党，组织了民众抗日同盟军，英勇打击日本侵略者，后于1934年11月被国民党反动派杀害。

《献身革命　甘于清贫——梅岭忠魂方志敏》

大革命失败后，方志敏凭着"两条半步枪"起家，身经百战，创建了赣东北革命根据地和红十军。本书真实记录了方志敏投身于革命、领导红军和敌人进行艰苦卓绝斗争的经历，歌颂了烈士贫贱不移、威武不屈、献身革命的高尚品质。

《奏响中华最强音——人民音乐家聂耳》

聂耳在他有限的生命中创作了数十首革命歌曲，在抗日救亡运动中，聂耳的这些歌曲产生了广泛深远的影响。他的音乐创作为中国无产阶级革命音乐的发展指明了方向，树立了榜样。

《横眉冷对千夫指——中国文化革命主将鲁迅》

鲁迅不但是伟大的文学家，而且是伟大的思想家和伟大的革命家。在那风雨如晦的黑暗年代里，他以笔为投枪，同一切帝国主义和反动派进行了顽强的战斗，为中国人民树立了一个不朽的丰碑。他是新文化战线上的一面光辉旗帜，是我们伟大民族的灵魂。

《铁流两万五千里——红军长征的故事》

红军长征是人类历史上的一次伟大的壮举。第五次反"围剿"失败后，中国工农红军的三大主力在极端艰难的条件下，突破国民党军队的围追堵截，进行了史无前例的战略大转移，总行程达两万五千里以上。途中发生了许多动人故事，至今令人难以忘怀。

106

《荣辱不移革命志——创建陕北红军的刘志丹》

刘志丹是杰出的无产阶级革命家、军事家，西北红军和西北革命根据地的主要创始人之一。他一生热爱人民，追求真理，英勇善战，百折不挠，艰苦奋斗，忠心赤胆，为创建红军和革命根据地、为中国人民的解放事业建立了不可磨灭的功勋。

《英名永存北平城——爱国将领佟麟阁　赵登禹》

1937年7月28日，日军向北平郊区发动进攻。第二十九军副军长佟麟阁奉命在南苑率部与日军苦战，腿部受伤，头部被敌机炸伤，壮烈殉国。第一三二师师长赵登禹指挥部队顽强抵抗日军，右臂中弹负伤，仍继续作战。后在转移途中遭日军截击而牺牲。

《八百壮士　四行仓库铸军魂——谢晋元和他的战友们》

八一三抗战，中国军人以血肉之躯揭开全面抗战的帷幕。这是一场血战，是中国军人不屈不挠的英雄诗篇，其中的八百壮士守四行，成为这首英雄颂歌中最动人、最凄美的音符。一曲四行保卫战，铸就了不屈的军魂。

《八女投江　气贯长虹——八位抗联女战士》

抗日战争时期，以冷云为首的东北抗日联军8名女战士，为捍卫民族尊严，面对凶残的日寇，镇定自若，宁死不屈，投江殉国，表现了中华民族同敌人血战到底的英雄气概。她们的光辉形象，激励着千千万万的后来人。

《艰苦抗战　威震敌胆——著名抗日英雄杨靖宇》

杨靖宇将军是我国著名的抗日民族英雄。曾先后担任磐石游击队政治委员、东北抗日联军第一军军长兼政委、抗日联军总司令等职。领导军民对日寇坚持了长达9个年头的艰苦卓绝的斗争，最终以身殉国。

《死也不当亡国奴——镜泊抗日英雄陈翰章》

陈翰章，从1932年8月投笔从戎，直到1940年12月8日为抗击日本侵略者，战死在镜泊湖畔。他在抗日疆场上奋战了九年，他那可歌可泣的英雄事迹将为人们永世传颂。

《名将殉国　气壮山河——抗日将军张自忠》

著名抗日将领、民族英雄张自忠，生于忧患的时代，抱有"宁为百夫长，胜作一书生"的志向，经历过失败与低谷，最终成就了慷慨人生。本书主要以人物活动为主，勾画出一个真正的"民族魂"鲜活的人生，会带给读者振奋的力量。

《宁死不辱战士名——狼牙山五壮士》

1941年日寇在河北易县"扫荡"。为掩护群众和主力部队撤退，五

心向革命　追求光明

——平民将军冯玉祥

位八路军战士毅然把敌人引上了狼牙山棋盘坨峰顶绝路。弹尽粮绝、无路可退，五位英雄纵身跳下了万丈悬崖，用生命和鲜血谱写出一曲惊天地泣鬼神的壮举。

《太行浩气传千古——抗日名将左权》

左权，中国工农红军和八路军高级指挥员，著名军事家。是八路军在抗日战场上牺牲的最高指挥员。名将阵亡，太行山为之垂首，全党为之悲痛。周恩来称他"足以为党之模范"，朱德赞誉他是"中国军事界不可多得的人才"。

《虎将兴关外　抗倭统雄师——抗联英雄赵尚志》

本书描写了久经考验的共产党员、东北抗联的创建者和主要领导人赵尚志，在艰苦卓绝的条件下，坚持抗战，威震敌胆，战功卓著，忍辱负重，忠贞不屈，为国捐躯的英雄故事，为青少年读者呈上一部爱国主义的佳作。

《黄埔之英　民族之雄——抗日名将戴安澜》

抗日名将戴安澜，先后参加保定、漕河、台儿庄、武汉、昆仑关等战役，作战英勇，屡建奇功；入缅作战，"扬威国外，藉伸正义"；守东瓜，复棠吉；殒身缅北，遗恨丛林，马革裹尸，成就了光辉的一生。

108

《爱国志士　民主先锋——新闻出版家邹韬奋》

本书讲述了邹韬奋献身新闻出版事业的奋斗历程，展现了一位新闻工作者坚定的革命信念和炽热的爱国主义精神，全心全意为人民服务、为读者服务的奉献精神，歌颂了他的高尚情操和优良品质。

《为抗战发出怒吼——人民音乐家冼星海》

人民音乐家冼星海，青年时期在巴黎求学，饱尝屈辱与磨难；学成后毅然回到多灾多难的祖国，用满腔热忱谱写激昂的音乐，鼓舞中华儿女的斗志；奔赴延安，谱写出不朽的名作《黄河大合唱》，发出中华民族抗日救亡的怒吼。

《全民皆兵　抗击日寇——抗日战争的故事》

　　中国人民进行的十四年抗战，是一百多年来中国人民反对外敌入侵第一次取得完全胜利的民族解放战争。这场战争是以国共两党合作为基础，有社会各界、各族人民、各民主党派、抗日团体、社会各阶层爱国人士和海外侨胞广泛参加的全民族抗战。

《捧着一颗心来　不带半根草去——人民教育家陶行知》

　　陶行知是我国现代教育史上伟大的人民教育家、教育思想家。他从青年起就立志献身教育事业，以"捧着一颗心来，不带半根草去"的赤子之心，为人民的教育事业鞠躬尽瘁。

《为民主与和平拍案而起——民主斗士闻一多》

　　闻一多早年与梁实秋等人发起成立清华文学社。赴美留学期间由对祖国的深深眷恋而创作著名的《七子之歌》。后在西南联大任教8年，积极投身于抗日运动和争取民主的斗争，发表了著名的《最后一次讲演》。

《铁窗难锁钢铁心——革命先烈王若飞》

　　王若飞是我党早期杰出的无产阶级革命家。在艰苦卓绝的斗争中，他出生入死，屡建奇功，以超人的睿智和胆略，在敌人的监狱中，同敌人展开了殊死的较量，为抗战的胜利和新中国的诞生做出了卓越的贡献。

《横扫千军　还我河山——抗联名将李兆麟》

　　李兆麟是东北抗日联军创建人之一，他率领抗日联军历尽千难万险与日本侵略者浴血奋战，在极其艰苦的条件下，保存了抗日联军的有生力量，为东北光复做出了重大贡献。

《锄头开出新大地——解放区大生产运动》

　　为了解决困难，渡过难关，党中央号召党政军民齐动手，开展大生产运动。中国共产党在其控制区域内发动的一场军队屯田和鼓励生产的群众运动，达到了自己动手丰衣足食，共度难关，既进行革命又进行生产自足的目的。

《生的伟大 死的光荣——女英雄刘胡兰》

刘胡兰，坚贞不屈的少年女英雄。生前对我国劳动人民的解放事业无限忠诚，在敌人威胁面前，大义凛然，毫无惧色，英勇牺牲，表现了共产党员的高贵品质。

《饿死不领美国救济粮——爱国知识分子的楷模朱自清》

朱自清作为爱国知识分子的典型，以锐利的笔锋直言痛斥反动政府的暴行，体现了他崇高的爱国情怀和不畏恶势力的精神品格。毛泽东曾给朱自清先生以高度评价："一身重病，宁可饿死，不领美国的'救济粮'"，"表现了我们民族的英雄气概"。

《为了新中国前进——舍身炸碉堡的董存瑞》

伟大的英雄，中国人民的儿子董存瑞，从儿童团长成长为一名光荣的解放军战士，在1948年解放隆化县城时，舍身炸碉堡，为新中国献出了自己年轻的生命。他的英雄形象永远留在人民心里。

《宁死不屈的共产党员——革命烈士江竹筠》

江竹筠，就是著名的江姐。1947年春，她负责《挺进报》工作，只几个月的时间，报纸就发行到1600多份，引起了敌人的极大恐慌。由于叛徒出卖，江姐不幸被捕，惨遭毒刑的残酷折磨，仍坚贞不屈。最后被特务秘密枪杀，年仅29岁。

110

《抗美援朝 保家卫国——志愿军的战斗故事》

抗美援朝战争是中国人民志愿军为援助朝鲜人民、保卫祖国安全，与美国为首的"联合国军"发生的战争。在朝鲜牺牲的志愿军烈士们，他们英勇的战斗事迹、保家卫国的精神值得我们发扬光大。

《上甘岭上壮烈歌——黄继光和他的战友们》

在1952年10月的上甘岭战役中，黄继光和他的战友在零号阵地半山腰被敌机枪火力点压制，此时，黄继光身上已经多处负伤，手雷也已全部用光。为了完成任务，减少战友的伤亡，他用自己的胸膛堵住正在扫射的敌机枪射孔，为反击部队扫清了前进的道路。

《诗书印画　全入神品——国画大师齐白石》

齐白石出身贫寒，做过农活，当过木匠，后改学雕花木工，从民间画工入手，摹古人真迹，学诗文书法，融汇古今，而诗、书、印、画俱佳；他将中国画的精神与时代的精神统一得完美无瑕，使中国画得到国际的重视，无愧于"国画大师"的称号。

《毕生为文化而奋斗——中国第一出版家张元济》

张元济参与、主持和督导商务印书馆近六十年，使其从简单的印刷企业转变为当时中国教育出版的旗帜。张元济一生爱书，在中华大地动荡不安的年代里，他用自己对文化的热爱，续存着中华民族灿烂悠久的文明之光。

《独树一帜　梨园大师——著名京剧表演艺术家梅兰芳》

梅兰芳，京剧大师，演唱风格独树一帜，世称"梅派"。曾先后赴日本、美国、苏联演出，并荣获美国波摩那学院和南加州大学的荣誉文学博士学位。作为一位爱国者，抗战期间蓄须明志，拒绝为日本人演出，为后世称颂。

《华侨旗帜　民族光辉——爱国侨领陈嘉庚》

陈嘉庚是著名的爱国华侨领袖、企业家、教育家、慈善家、社会活动家。他为辛亥革命、民族教育、抗日战争、解放战争、新中国的建设做出了卓越的贡献。生前被毛泽东誉为"华侨旗帜、民族光辉"。

《向雷锋同志学习——伟大的共产主义战士雷锋》

雷锋，一个平凡而伟大的共产主义战士，一心向着党，一生秉承着全心全意为人民服务、无私奉献的崇高思想；发扬刻苦学习和钻研理论的"钉子"精神；坚持勤俭节约、艰苦奋斗的优良作风。毛泽东为其题词："向雷锋同志学习。"

《人民的好公仆——县委书记的好榜样焦裕禄》

焦裕禄，被誉为县委书记的好榜样。他用自己的革命精神，展开了与大自然、与社会落后现象、与病魔的多重抗争，让我们领略到一

个共产党人的生之伟大、死之壮美的人格品质和具有现实教育意义的精神魅力。

《文学巨匠　京味大师——人民作家老舍》

老舍是我国现代小说家、文学家、戏剧家。他用融入骨髓的真诚文字反映生活的喜怒哀乐。老舍的一生，总是在忘我地工作，他是文艺界当之无愧的"劳动模范"，生前被北京市人民政府授予"人民艺术家"的称号。

《革命老人——无产阶级教育家徐特立》

徐特立是一代伟人毛泽东的老师。他出生在贫苦家庭，大部分时间生活在动荡艰苦的年代；他刻苦勤奋，不畏艰辛，追求光明，一生勤俭，为革命培养了大量的人才；他对党和人民任劳任怨，鞠躬尽瘁。他坎坷奋斗的一生，留下了许多可歌可泣的故事。

《人生能有几回搏——新中国第一个世界冠军容国团》

容国团先后担任中国乒乓球队运动员、女队主教练。获得1959年男子单打世界冠军；1961年夺得男子团体世界冠军；作为中国女队主教练，1965年率女队第一次夺得女子团体世界冠军。他的"人生能有几回搏"的豪言，举国传诵。

《石油工人一声吼　地球也要抖三抖——铁人王进喜》

王进喜，新中国第一批石油钻探工人。他为祖国石油工业的发展和社会主义建设立下了不朽的功勋，在创造了巨大物质财富的同时，还给我们留下了宝贵的精神财富——铁人精神。他被评为"百年中国十大人物"，写入中华民族的光辉史册。

《做人民需要我做的事——著名地质学家李四光》

李四光是一位伟大的科学家，他一生从事地质学研究工作，足迹遍布祖国的山川，为祖国探明了许多地下宝藏；他创建了崭新的学说——地质力学；他历尽重重困难，为正确认识地质构造开辟了一条新路。

《中国化学工业的先驱——著名化学家侯德榜》

为摆脱纯碱需要进口的窘况，20世纪初，怀着"实业救国"梦想的中国化工先驱侯德榜等人创办了永利碱厂，并立志生产出中国人自己的碱。1926年，永利碱厂终于成功地生产出"红三角"牌纯碱，从此中国制碱业得以跨入世界先进行列。

《毕生求是　一丝不苟——著名科学家竺可桢》

著名科学家竺可桢献身科学研究；治学严谨，一丝不苟；一生廉洁，两袖清风；作风民主，爱护学生。他以爱国之心、报国之志，从一个民主主义者逐渐成长为一个共产主义战士。

《热爱自然的大地之子——著名植物学家蔡希陶》

蔡希陶，五十载风雨，五十载坎坷，五十载奋斗，五十载开拓，为了发现对人类生产、生活有用的植物及新物种的引进而做出巨大贡献，在中国的植物资源学史上将永远镌刻着他的名字。

《高洁无私的襟怀——知识分子的楷模蒋筑英》

蒋筑英是中国当代知识分子的先锋典范，他不为名，不为利，尊重科学；他以坚忍的毅力和顽强的作风，在科学的道路上呕心沥血，鞠躬尽瘁，无私地奉献了青春和生命。

《迎接新生命的天使——卓越的妇产科专家林巧稚》

林巧稚是国内外享有盛誉的妇产科专家。在五十多年的医学教育和临床实践中，林巧稚亲自接生了五万多婴儿，治愈了数千病人，培养了数以百计的专门人才，为我国的妇女儿童事业做出了不可磨灭的贡献。

《独自成千古　悠然寄一丘——国画大师张大千》

张大千是20世纪中国画坛最具传奇色彩的国画大师，无论是绘画、书法、篆刻、诗词无所不通。在艺术界深得敬仰和追捧，艺术家们用真挚的感情，用绘画和雕塑展现了"张大千"多彩的艺术形象。

ZHONGHUA HUN

《建造中国的通天塔——著名数学家华罗庚》

中国当代著名数学家华罗庚，为中国数学的发展做出了无与伦比的贡献，他是中国解析数论、典型群、矩阵几何等多方面研究的创始人与开拓者，也是我国最早将数学理论研究与生产实践紧密结合的科学家。

《问鼎长天　强我国威——两弹元勋邓稼先》

邓稼先是我国著名科学家，参加组织和领导我国核武器的研究、设计工作，从对原子弹、氢弹原理的突破和试验成功及其武器化，到新的核武器的重大原理突破和研制试验，作出了重大贡献。是我国核武器理论研究工作的奠基者之一，被誉为"两弹元勋"。

《敢叫天堑变通途——桥梁专家茅以升》

中国著名的桥梁专家茅以升从小立志为祖国建造桥梁，经过不懈努力，他不仅设计建造了一座座宏伟壮观、坚固实用的道路桥梁，而且搭建了一座座友谊之桥，为祖国建设作出了卓越贡献。

《蘑菇云之梦——核物理学家钱三强》

被誉为"中国原子弹之父"的核物理学家钱三强，更名后立志于科技报国；24岁投师于世界著名核物理学家居里夫妇；与夫人何泽慧合作，发现铀的"三分裂""四分裂"现象；统领我国的原子大军，做了大量创造性工作。

《两离桑梓地　满怀雪域情——领导干部的楷模孔繁森》

孔繁森，是一位一尘不染、两袖清风的好干部。两次进藏工作，历时十载，为西藏的建设、发展和稳定作出了突出的贡献。1994年11月，孔繁森不幸以身殉职。人民群众称他为新时期领导干部的楷模。

《摘取数学皇冠上的明珠——著名数学家陈景润》

陈景润是享誉世界的数学家，为了证明"哥德巴赫猜想"，他以惊人的毅力在数学领域里艰苦跋涉，终于攻克了世界著名数学难题"哥德巴赫猜想"中的"1＋2"，创造了中国乃至世界数学史上的辉煌。

《学术独步　饮誉四海——享有国际威望的科学家卢嘉锡》

卢嘉锡是一位在国际科学界享有崇高威望的物理化学家、化学教育家和科技组织领导者。1945年，卢嘉锡满怀"科学救国"的热忱回到祖国，对中国原子簇化学的发展起了重要推动作用，他所指导的新技术晶体材料科学研究，也取得了重大成绩。

《德艺双馨　梨园楷模——著名豫剧表演艺术家常香玉》

常香玉1941年赴陕甘演出。1948年在西安创办香玉剧社。1951年为支援抗美援朝，率剧社巡回西北、中南、华南各地演出，以演出收入捐献"香玉剧社号"战斗机一架，素有"爱国艺人"之誉。

《文学大师　激流勇进——著名作家巴金》

本书以巴金生平和主要事迹为线索，回顾和展示现代著名作家巴金的一生，以期让人们看到巴金在这风云变幻的100多年中，有过成功的欢欣，有过屈辱的磨难，有过痛苦的忏悔，有过平静的安宁。巴金的人生，映照着一代中国五四知识分子坎坷而不平凡的命运。

《壮心系科学　孜孜为国昌——理论化学家唐敖庆》

本书讲述了唐敖庆从出国求学、学业有成、回国任教，到服从安排、艰苦工作、刻苦钻研，最终成为中国量子化学奠基者的过程。让人们看到了这位著名化学家的赤心爱国、严谨治学、大公无私的崇高品格和科研上的卓越成就。

《中国导弹之父——著名科学家钱学森》

当第一颗原子弹升空的时候，当中国的人造卫星奏响《东方红》的时候，当中国运载火箭腾空而起的时候，当中国研制的导弹准确命中目标的时候，人们都会想起他的名字：中国导弹之父钱学森。

《中国近代力学的奠基人——著名科学家钱伟长》

钱伟长曾以中文和历史两个100分的成绩考入清华大学。九一八事变后，钱伟长毅然放弃了文科的学习而转为理科。他是中国近代力学、应用数学的奠基人之一，在固体力学、流体力学以及航空航天领域，取

——平民将军冯玉祥

心向革命　追求光明

得了卓越的成就，为新中国的现代化建设付出了毕生的精力。

《中国光学科学的奠基人——著名科学家王大珩》

王大珩是我国著名的科学家，中国光学科学的奠基人。他先在清华就读，后赴英国求学，学业有成，立志科学救国，其成就享誉神州。他以科学的求是精神和赤诚的爱国情怀，探索着中国光学发展的闪光之路。